먹구의 푸념

먹구의 푸념

발　행 ｜ 2015년 6월 20일

지은이 ｜ 한용유
펴낸이 ｜ 신중현
펴낸곳 ｜ 도서출판 학이사
　　　　　출판등록 : 제25100-2005-28호
　　　　　주소 : 대구광역시 달서구 문화회관11안길 22-1(장동)
　　　　　전화 : (053) 554~3431, 3432 팩스 : (053) 554~3433
　　　　　홈페이지 : http : // www.학이사.kr
　　　　　이메일 : hes3431@naver.com

ISBN ｜ 979-11-86577-92-9 03810

먹구의 푸념

한용유 지음

學而思 | 학이사

내가 글을 쓰게 된 것은 일기부터 시작됐다.

내성적인 성격에 말주변도 없고, 숫기와 비위마저 약하다. 마음속에 담아둔 생각을 남들과 소통하지 못하고 응어리가 되어 그로 인해 생긴 신경성 위장병으로 많은 고생도 했었다. 그것을 풀 수 있는 길은 오직 일기뿐이었다. 일기를 쓰게 된 지는 22세부터 시작해 지금까지 다이어리 일기장 42권째를 쓰고 있다. 나는 이 일기를 쓰지 않았다면 우울증으로 정신적 장애자가 되었을지도 모른다.

마음속 깊이 엉킨 울화를 일기 아니고는 어디에서도 풀 곳이 없었다. 오직 일기장에 울부짖고 토해내어 자정(自淨)을 했었다.

일기(日記)가 주기(週記)가 되고 주기가 월기(月記)가 된 적도 있었으나 은퇴 후에는 거의 빠짐없이 적고 있다. 이 일기라도 제대로 써보겠다며 은퇴 이후 10여 년을 청보리 수필 모임에 나가면서 글쓰기 공부를 계속하고 있다. 일기를 계속 하다 보니 감히 수필이라고 이름 지을 수 있는 것도 건질 수 있어 모아둔 것 중에서 수필과 회상록을 발췌하여 수상록이라 이름 붙여 책을 펴낸다.

팔순 이전의 글이 수필 99편, 편지글 9편, 종사에 관한 글 50편, 회상록 40편이고 팔순 이후의 글이 수필 83편, 종사에 관한 글 12편, 편지글 한시 등 98편이다.

　사실 구순 기념으로 책자를 발간키로 마음을 먹고 있었으나 내일을 예측키 어려운 나이라 용기를 냈다. 그리고 수필 모임에서 살아 총기 있을 때 수필집이라도 발간하라는 권유에 청보리 수필 강사이며 원로 수필가인 견일영 선생님의 지도를 받아 부끄럽지만 우선 수필과 회상록을 골라서 엮었다.

　이제 내 나이 팔순의 중턱이라 귀도 멀고 총기도 날로 흐려지고 있다. '임금님의 귀는 당나귀 귀'라고 일부나마 털어 놓고 보니 시원하다. 비록 남의 눈에는 신변잡기로 비칠지라도 나에게는 소중한 한평생의 편린(片鱗)들이다.

　이 책을 내도록 지도해주신 견일영 선생님과 청보리 수필회원님들의 격려에 깊은 감사를 드립니다.

2015년 초여름에
한 용 유

■ 차례

2부 _ 난蘭

3부 _ 살구꽃

4부 _ 첫눈의 추억

5부 _ 회상록回想錄

1부
내 고향 사동巳洞

나의 10대조 할아버지께서 1592년 임진왜란 때 경북 성주에서 피란을 와서 정착 하게 된 곳이 장고산(長鼓山) 기슭의 상방동이다. 그해 2월과 4월에 부모 양상(兩喪)을 당한 10대조께서는 두 분을 선영에 모신 후 이를 갈 나이에 천애 고아가 된 조카 남매와 같은 또래의 두 아들을 데리고 정처 없는 피란길에 나섰다가 큰 길에서 보이지 않는 오지인 이곳에 피란 보따리를 풀게 된 것이 정착의 시초가 되었다고 한다.

내 고향 사동 巳洞

    내 고향은 대구에서 동쪽으로 약 20km 떨어진 지점에 위치한 경산시 사동(巳洞)이란 마을이다. 사동이란 이름은 경산 고을의 동남방(巳方位)이라 해서 지었다 하기도 하고 마을 남쪽 산봉우리가 용사(龍蛇)가 굽이치는 형상이라 해서 마을 이름을 뱀골이라 부르기도 하는 사동이 되었다고도 한다. 구 행정구역은 경산군 압량면 사동인데 지금은 경산시 사동으로 바뀌었다.

    나의 10대조 할아버지께서 1592년 임진왜란 때 경북 성주에서 피란을 와서 정착 하게 된 곳이 장고산(長鼓山) 기슭의 상방동이다. 성주는 임진왜란 당시 부산으로 상륙한 왜군들이 서울로 파죽지세로 쳐들어가던 길목이었다.

그해 2월과 4월에 부모 양상(兩喪)을 당한 10대조 할아버지는 두 분을 선영에 모신 후 천애 고아가 된 이를 갈 나이의 조카 남매와 같은 또래의 두 아들을 데리고 정처 없는 피란길에 나섰다가 큰길에서 보이지 않는 오지인 이곳에 피란 보따리를 풀게 된 것이 정착의 시초가 되었다고 한다. 그 후 대를 이어 살아오면서 경산의 4대 성씨(韓, 徐, 蔣, 鄭)의 한 문중이 되었으며, 반문(班門)으로 420여 년이 흘러 500여 세대에 2천여 명의 후손이 번성하여 경향 각지에 흩어져 살고 있다.

10대조이신 입향조께서는 조선 광해 혼조 폐모사건에 동조한 무리에게 기평한 풍자시로 옥고를 겪기도 했으나 나라에서 효행으로 직장(直長) 벼슬을 내렸다. 그러나 벼슬을 사양하고 고봉초당을 지어 은거하면서 독서로 정양하는 유유자적한 생활을 즐긴 고결한 선비였다. 전란의 와중에 노동력도 없는 올곧은 선비가 식솔들의 생계를 어떻게 꾸렸는지, 초당에 가득했다는 유고 중 유시(遺詩) 2편만이 남아있어 당시의 삶의 흔적을 헤아릴 수 없음이 안타까울 뿐이다.

나는 10대조인 입향조님과 7대조인 파조님 유택 산자락에 위치한 아버님 살림집인 초가삼간에서 3남 1녀의 셋째로, 1931년 음력 10월 7일에 태어났다. 당시 행정구역이 압량면에 속해 있어 10여 리의 압량초등학교를 다녔다. 일제 말기 지은 농사의 양식은 군량미용 공출로 다 빼앗기고 지금은 사료에도 못 쓸 콩깻묵과 초근목피로 배를 채우던 어린 시절이 악몽과 같다. 나무신(게다)을 신고 가다가 끈이 떨어지면 맨발로 10리길을 통학하느라 발바닥이 부르트고 피가 나기도 했다.

당시 학교에서도 공부는 뒷전이고 마초 베기와 솔갱이 따기, 출정한 일본인 군인의 집 과수원에서 풀 뽑기 등으로 거의 모든 시간을 다 보내고 책보는 치레에 불과했다. 학교에서는 우리말을 사용하다 들키면 벌을 받았으며, 일본글을 국어라 했고 창씨제도를 만들어 이름도 일본 이름으로 바꾸었다. 이러한 일제의 만행이 6학년 때인 1945년 8월 15일 일본의 무조건 항복으로 질곡의 사슬에서 벗어나게 되었다.

2004년 정부 시책에 의한 택지 개발 사업으로 옹기종기 정답게 모여 살던 이웃들은 인근에 부영 아파트를 비롯한 아파트 단지가 생기면서 다른 곳으로 이사를 갔고, 그 자리에는 아파트 숲이 들어서 내가 나서 자란 집터마저 어디인지도 모르게 변해 버렸다. 4백여 년 살아온 고향 마을과 종산 일부가 아파트 단지에 편입되어 입향조님과 파조님의 산소도 종산 위쪽으로 이장을 했다. 오직 재실만이 그 자리에 남아 있다. 없어진 고향이 그립고 안타까워 탄식의 시를 읊어 본다.

실향의 애소

임란 때 성주에서 남부여대 피란 와서
대대로 이어내린 삶의 터전 내 고향
앞산에는 사슴과 토끼, 밤이면 여우 울음
타박솔 사이로 숨바꼭질 하는 암꿩 쫓아
꿩알 찾아 헤매던 파조 할배 도리솔
바로 밑 산자락에 아부지 살림집
돌담 울에 초가삼간 뱀골 402번지
내가 자란 안티 생가 어찌 잊으랴!

대은산 정기 타고 굽이쳐 뻗어 내려
인형산 생식혈(人形山 生殖穴)에 입향조 유택 쓰고
우백호 허벅지에 후산 파조 모시었네
장고산, 샛강 양지, 건너 산 달불 망대
삼형제 바위 아래 땀띠 삭는 냉지골(冷地谷)
동산을 품어 안고 넙득산(坪山) 휘여 감아
아늑하게 숨겨진 비산비하 피란적지(非山非河 避亂適地)

골짝 물 한 데 모아 농사짓던 말매 못
여름이면 멱 감기 겨울이면 썰매 타기

그 못 밑 들판 새로 흘러가는 실개천엔

미꾸라지 송어 새우 정답게 헤엄치고

누렇게 벼 이삭이 온 들을 물결칠 때

논두렁 풀 헤집으며 메뚜기 잡던

아 ~ 어찌 잊으랴! 생생한 어린 시절

밤밭 등 알밤까기 이른 새벽 감꽃 줍기

정월 보름 달불 망대 달맞이 불꽃놀이

분두골 밤 마실에 빨래가는 오매 따라

올챙이 소금쟁이 바위틈을 후비면서

바지가랑 다 적시고 오디 열매 따 먹느라

입 언저리 물들였지.

복숭아 살구꽃이 어울려 피어나며

초가지붕 다소곳이 정답게 붙어있고

꼬불꼬불 골목 따라 숨바꼭질 담 모롱이

눈에 삼삼 귀에 쟁쟁 어제 같은 어린 시절

천자문 옆에 끼고 서당에 올라가서

천자문 동몽선습(童蒙先習) 뜻 모르고 외우면서

글방 뒤편 연못 가에 수양버들 심어 놓고

앞뜰 화단에는 매화 모란 함박 난초

물주고 가꾸면서 어린 꿈 길러주던
그 연못 수양버들 없어진 지 오래이고
먼 할배 손때 묻은 글 배우던 산천재도
헐어버린 그 자리엔 번듯한 새 건물이
말끔히 단장되어 옛 모습 볼 수 없다.

개발이란 미명 아래 망가지는 자연환경
향수의 정서마저 송두리째 앗아가니
실향의 슬픈 마음 누구에게 호소하랴
고향은 떠났어도 버리지는 않았거니
산천이 다 변해도 내 맘속엔 그대로니
눈앞이 아찔할 때 눈감고 돌아서면
아직도 초가 굴뚝엔 저녁연기 피어나리.

망향비

　장마철에 비는 내리지 않고 열대야의 찜통더위만 기승을 부리는 여름날, 고향에서 망향비 제막식을 한다고 초대장이 왔다.

　아침 일찍 버스로 고향마을 입구에 도착하니 구름이 잔뜩 낀 하늘에서 가끔 빗방울이 떨어졌다. 마을 입구의 말매못 메운 자리에는 아파트가 즐비하게 들어서 있다. 건너 산 달불 망대 서편 자락의 길섶에 흰색 천으로 싸여진 망향비 앞에는 천막이 쳐 있고, 주선하는 몇 분이 벌써 나와서 제수를 차리며 준비를 하고 있었다. 인사를 나누고 주위를 돌아보았다. 내가 나서 자란 집터와 향나무가 있던 우물, 분두골 밤마실 개울, 서낭지 아래 이랑이 길던 밭과 성황당 덕 고개가 어디쯤이었는지 가늠할 수도 없었다. 오직 사통팔달로 이어진 포장도로를 따라 아파트 숲이 솟아오르고 있을뿐이었다. 남쪽으로 멀리 보이는 대은산 아래 종산 자락의 산천재 재실과 녹지대로 남은 달불 만둥 건너 산과 동산 고개를 카메라에 담으며 추억을 더듬었다.

　무더운 날씨에도 많은 사람들이 모이기 시작했다. 젊은 사람들은 누구인지 인사를 해도 알 수 없었다. 부축을 받으며 지팡이를 짚고 불편한 걸음으로 들어서는 분이 있었다. 자세히 보니 초등학교 4년 선배였던 S님이었다. 올해 82세로 초등학교 교장으로 은퇴한 분이다. 인사를 했더니 아는지 모르는지 고개만 끄덕인다. 그 옆자리에 앉은 문유 형 형수님께 "형수님 오랜만입니다." 했더니 무표정한 얼굴로 "오냐, 왔나." 한다. 나보다 한 살 위인 형수뻘인데 전 같으면 "아주버님 오셨는가요." 하며 반갑게 인사하던 분인데 이상해서 "내 용유입니다. 문유 형 형수님이시지요?" 하며 되물었더니 "그래 맞다." 하지 않는가. 제막식이 시작하는 바람에 더 이상 대화도 못하고 물러섰다. 남편이 떠난 20년 세월을 6남매 키우느라 얼마나 고생했겠는가. 치매의 전조가 느껴졌다. 불심상원(不甚相遠)으로 남의 일 같지 않아 서글펐다.

　정시(定時)인 오전 11시에 일족 윤근의 사회로 제막식이 거행되었다. 식순에 따라 이주민 대표의 인사와 경과보고, 찬조 내역을 알리고 제막과 고유제를 올렸다. 고유제를 마치고 돌아가며 망향비에 절을 했다. 나도 준비해간 봉투를 돼지 입에 물리고 재배를 했다. 천막 안으로 들어서는데 안면 있는 사람이 인사를 했다. 알고보니 판돌이가 아닌가!

6·25 때 헤어지고 그동안 못 만났으니 58년 만에 만난 셈이다. 반세기가 훌쩍 넘은 세월에 아직도 옛 모습이 남아 있었다. 친구들 안부를 물었다. 증락, 후근, 석령은 고인이 되었고 석태, 방우, 돌쇠, 영락, 호문, 두술이도 보이지 않았다. 소식을 물어도 아는 이가 없었다.

서울에서 내려온 탁근 일족과 망향비 앞에서 기념촬영을 했다. 제막식을 마치고 녹지대로 남겨진 달성 서씨 문중 산 도리솔 그늘에 자리 잡고 둘러 앉아 술잔을 돌리며 정담을 나누면서 점심을 함께 했다. 곧 비가 쏟아질 듯한 날씨가 가끔 빗방울만 떨어지고 끝날 때까지 참아주어 행사를 잘 마치게 되어서 다행이었다.

이날 오전 산천재 영모당에서는 삼종질인 종락의 납골 안치장이 치러졌다. 올해 64세로 낚시를 갔다 돌아오는 길에 운전을 하면서 어지럽다고 호소하기에 옆자리에 앉은 친구가 어디 잠깐 쉬어가자고 했단다. 그러나 주차할 장소도 마땅치 않아 그대로 달리던 중 차가 정차할 장소도 아닌 길섶에 갑자기 세우고는 차에서 내려 핸드폰을 만지더니 그대로 그 자리에 누워 의식을 잃어버렸다는 것이다. 바로 병원으로 급송, 응급처치를 했으나 깨어나지 못하고 산소 호흡기로 연명하다가 5일 만에 숨을 거두었다는 것이다.

핸드폰 단축번호 1번에 집 전화번호가 입력되어 있었다고 했다. 그 단말마(斷末魔)의 와중에도 집 생각을 했으니…. 지난 4월에 열린 후산파 정기 총회 시에도 노래를 부르며 즐거워할 정도로 활달하고 건강도 좋았다. 평소에도 고혈압 등 지병이 없었는데 남매 둘 모두 출가시키고 이제 편안하게 여생을 즐길 수 있는 나이에 급서를 해서 유족들은 꿈과 같은 참변에 애달파 했다. 사인은 뇌졸증이라 했다. 건장한 체격에 성격도 괄괄해서 항상 활동적이었는데 마른 가랑잎 타듯 훌쩍 떠나 한 자 네모 상자가 만년의 유택이 되었으니. 오호라! 삼가 명복을 비노니 속세의 근심이란 훌훌 털어버리고 영생 극락 바라네.

영모당 뒤편 숲 속에서 들려오는 뻐꾸기 울음소리가 오늘 따라 더욱 구슬프게 들린다.

망향(望鄕)

조상 대대로 옹기종기 모여 살던
내 고향 정든 마을
어디로 갔나.
덕 고개, 밤 마실, 분두골, 말매못
그 이름 어디에서 찾을까

사백여 년 대대로 내리 살던
안온한 보금자리 내 고향 뱀골
앞 뒷산 진달래, 보리밭 이랑
소등에 짐 싣고
지게 지고 가던 길

소꿉장난 옛 친구
모두들 어디 갔나!
언제 다시 만나 볼 수 있으랴!
추억처럼 흘러간 '망향의 노래' 일지라도
우리들 맘속에 영원하리로다.

뿔뿔이 떠나간 사람들아!

고향 그리워

못 견디게 사무칠 때

이곳 달불 망대 길섶으로 달려와

망향비 어루만지며 향수를 달래리라.

지금껏 고향 땅 지켰던 들꽃들이

'엄마의 얼굴'로 다가 올 것이다.

지금껏 고향 땅 지켰던 산새들이

'엄마의 목소리'로 들려 줄 것이다.

엄마처럼 그리운 고향 사람들아!

우리 모두가 삶의 종착역에 머무는 날

찌든 이 몸은 고향 산천에 흙이 될지라도,

이내 넋은 창조주 복락의 품 안에서

영원하리로다.

황혼의 신행

지하철 계단을 막 내려서는데 휴대전화 벨이 울렸다.

"여보 나 넘어졌어요. 빨리 와요."

아내의 다급한 목소리였다. 아들이 사는 대곡으로 가려고 함께 집을 나섰으나 나는 중간에 들를 곳이 있어 빠른 걸음으로 걸어가고 아내는 천천히 뒤따라 왔던 것이다. 사유를 물을 겨를도 없이 되돌아 마구 뛰었다. 어두컴컴한 긴 골목 중간쯤에 몇 사람이 둘러섰고 땅바닥에 주저앉아 있는 아내의 모습이 보였다. 가까이 다가가니 이웃에 사는 삼종 조카가 아내를 일으키려고 끙끙대는 모습이 보였다. 함께 부축해서 일으키니 심한 통증을 호소했다. 다급한 마음에 근처에 있는 정형외과로 달려갔으나 이미 의사는 퇴근하고 없었다. 이 상태로 대곡에는 갈 수 없어 집으로 되돌아가기로 했다. 조카와 양쪽에서 붙들고 걷는데 제대로 걷지를 못했다. 사유인즉 날이 저물어 어둠살이 낀 긴 골목길을 아내가 걸어가는데 마침 마주친 삼종이 반갑다고 "아지메 어디 가는기요?" 하면서 소매를 잡았다는 것이다. 말소리는 미쳐 못 듣고 괴한인줄 알고 뒤로 피하다가 몸의 중심을 잃고 넘어지면서 엉덩방아를 찧었다는 것이다. 하룻밤만 따뜻한 방바닥에 누워 안정하면 풀릴 것이라 가볍게 생각했는데 아니었다. 점점 더 통증을 호소했다. 애들에게 전화를 했더니 큰애와 둘째가 차를 몰고 급히 왔다. 둘째가 통증 부위를 만져보더니 골절 의심이 있다면서 병원으로 가자고 했다. 둘째 차에 태우고 야간 응급실이 있는 병원으로 달려갔다. 엑스레이를 찍었더니 척추 골절이 의심된다면서 우선 입원을 하란다. 이튿날 MRI 촬영 결과 흉추 12번 골다공성 압박 골절로 판명되어 다음날 수술을 했다. 넘어지면서 몸무게의 압력으로 흉추 관절이 압박을 받아 골절이 된 부위를 원래의 상태로 교정을 하고 공간에 인공 이물로 충전을 했다면서 사진을 보여주는데 충전된 이물이 하얀 음영으로 보였다.

자다가 얻은 병이라더니 어이가 없었다. 반갑다고 소매를 잡은 조카를 원망할 수도 없었고 조카도 미안해서 어쩔 줄을 몰라했다. 조금만 일찍 갔거나 늦게 갔더라면, 아니 내가 함께 걸어갔더라면 당하지 않았을 텐데. 여러 가지 후회가 머리를 어지럽

혔다. 아이들은 직장에 나가야 하기 때문에 내가 주야로 꼬박 붙어 있어야 했다. MRI와 초음파는 의료보험도 안 되고 거기에 1인실은 하루 입원료가 8만 원이라 했다. 이래저래 부정적으로 생각하니 끝이 없고 마음만 더 상했다. 이래서는 안 되겠다고 마음을 긍정적으로 돌려먹기로 했다. 만약에 넘어지면서 머리를 다쳤더라면, 그리고 분쇄골절로 신경절단이 되었더라면 사망 또는 식물인간이나 불구자가 될 수도 있었을 것이라고 생각하니 소름이 오싹 돌으며 불행 중 다행으로 감사하게 되었다. 특실비야 아들들이 정했으니 알아서 낼 것이고, 이왕 입원했으니 호텔 특급실로 생각하고 황혼의 신행을 온 셈치고 지난 추억들을 되새기며 보내기로 했다. 그동안 나는 매일 복지관에 가서 탁구를 치고 요가도 하며 사람들과 어울려 보내느라 여념 없었으나 아내는 교회와 성경책 외에는 특별히 활동하는 게 없었다. 이렇게 서로의 취미가 달라 잔정을 나눌 계기 없이 그냥 덤덤하게 지내왔었다. 명절 때나 수인사 안부로 때우던 사돈도 찾아와서 정담도 나누게 되니 하늘이 무너져도 솟아날 구멍이 있다는 속담이 생각나 마음이 편안해졌다. 그리고 이렇게 병원에 와서 며칠 있어 보니 건강이 얼마나 소중하며 별 탈 없이 보내는 일상의 행복을 절실히 느낄 수 있었다. 건강은 건강할 때 관리를 잘해야 하며 평소의 건강관리에 더욱 유념키로 다짐했다. 또 한 가지는 이번 아내의 골절상이 골다공성이라 했다. 젊은 사람이나 골다공증이 없는 사람이었다면 그 정도의 충격에 넘어지지도 않았을 것이고 넘어져도 골절까지는 되지 않았을 것이다. 골다공증은 60대는 60%, 70대는 70%, 80대는 80%라는 글을 본 적이 있다. 나도 5년 전에 탁구를 치다가 실족하여 넘어지면서 옆 탁구대 모서리에 오른쪽 옆구리를 부딪쳐 늑골 네 개의 골절상으로 고생한 적이 있었다. 그때 골밀도 검사 결과 경도의 골다공증이 있다 해서 지금까지 계속 골다공증 예방약을 복약하고 있는데, 정상으로 회복되었다지만 예방으로 계속 먹고 있다. 아내는 골밀도 검사 결과 중등도의 골다공증이 있다고 해서 앞으로 꼭 복약키로 했다. 특히 남자보다 여자가 많으며 안짱다리가 되거나 허리가 꼬부라지는 꼽추 현상은 거의가 골다공증이라 했다. 큰애 집을 오가느라 지하철 계단을 매일같이 오르내리는데 앞으로 더 조심을 하고 무거운 물건을 드는 것도 삼가기로 했다. 이 일로 12일간을 입원했다.

　매일 새벽 산책과 복지관 나들이 등 판에 박은 듯한 일상생활 리듬이 흐트러져 몸이 굳어졌다. 다시 일상으로 돌아가게 됨을 감사하게 생각하며 순간의 실수로 올해의 액땜을 한 것으로 자위했다.

비 오는 날

창밖으로 낮게 내려앉은 비구름이 가는 비를 뿌린다. 일기 예보에 대구 지방에도 모처럼 장마권에 들어 비다운 비가 내린다기에 기대를 했으나 시원치 않다. 다른 지방에는 많은 비가 내려 수해 소식까지 있는데 영남 지방, 특히 대구는 원래 비가 적은 곳인데다 올해는 더 심하다. 어제 새벽 아파트 옆 진천천 둔치를 산책하면서 간밤의 강우량을 살펴보니 그저께 밤에 천둥 번개를 치며 내린 소낙비로 말랐던 냇바닥을 겨우 적시고 있을 뿐 밤 사이에 비는 오지 않았다. 진천천 둔치를 넘칠 정도로 푹 좀 내려 무더위도 식히고 오염된 강바닥도 씻어주기를 바랐으나 간간히 이슬비만 뿌릴뿐 감질나게 한다.

나는 산골에서 어린 시절을 보냈다. 해방을 전후로 해서 일제 말에는 지금보다 가뭄이 더했다. 수리 시설이 빈약한 때라 가뭄의 피해는 말할 수 없었다. 가뭄에 저수지가 바닥이 나고 논바닥이 말라 쩍쩍 갈라졌다. 물웅덩이를 파고 형님과 물을 퍼면서 하늘을 쳐다보고 비가 내리기를 간절히 기도했던 기억이 난다. 그러다가 소나기라도 한줄기 쏟아지면 옷이 젖는 줄 모르고 시원해 기뻐 어쩔 줄 몰라 했다.

지금은 경지 정리와 농기구의 기계화, 그리고 댐과 저수지의 증설 등으로 수리 시설이 잘 되어 옛날에 비해 상상도 못할 만큼 발전하여 농사짓기가 수월하고 가뭄의 피해도 훨씬 줄었다. 그러나 내가 어릴 때의 농촌은 산골 벽촌이라 신문과 라디오, 전기는 물론 시계도 없었다. 오직 동이 트면 별을 보고 나가서 해가 지면 달을 맞아 돌아오는 생활이었다. 모든 농사일은 손으로 했고 기동력이라고는 소의 힘을 빌리는 것이 전부였다. 일요일이나 공휴일이 있는 줄도 몰랐고, 눈비가 내리는 날이 일요일이고 공휴일이었다.

내가 비를 좋아하게 된 것은 가뭄 해소뿐만 아니라 비가 오는 날은 논밭에 나가 일을 하지 않아도 되었기 때문이다. 집안 형편상 중학교 진학을 못하고 농사일을 거들면서 중학 강의록으로 주경야독을 할 때라 논밭 매기와 겨울에도 땔나무하기로 쉬는 날이 없어서 비가 오거나 눈이 내리는 날이 아니면 책을 들 수 없었다. 비 오는 날 방바닥에 배를 깔고 엎드려 책을 읽는 것이 그때 나의 유일한 휴식으로, 공부를 할 수 있는 시간이었으며 즐거움이었다. 이웃집 친구가 부자였던 외가에서 가져온 소설책(장희빈, 금삼의 피, 운현궁의 봄, 순애보, 마의태자, 단종애사 등)을 빌려 밤새워 읽기를 했으나 낮에는 비가 오지 않으면 읽을 수가 없었다. 공부도 비가 내리는 날이 아니면 할 수 없었고, 그나마 밤에도 가마니 짜기와 새끼 꼬기를 해야 했으므로 밤공부마저 자유롭지 못했다. 그 영향인지 나는 지금도 비가 오는 날이면 마음이 푸근해지고 빗소리를 들으며 책을 읽는 것이 낙이 되었다. 창문을 두드리는 빗소리와 추적추적 내리는 가을 밤비 소리를 들으며 독서 삼매경에 빠지는 편안한 정서는 나만의 취미이며 낭만이 되었다. 그래서 나는 지금도 비를 너무 좋아한다.

봄비는 죽비, 가을비는 떡비라 했다.

늦가을 어느 날, 가을 거둠을 마치고 모처럼 풍년으로 앞마당의 두지와 곳간에 볏섬이 수북해졌다. 어머니가 만들어준 시루떡을 쟁반에 담아 우산을 받쳐 들고 돌담 사이로 붙어 있는 이웃 '태야'네 집에 떡 심부름을 갔다가 갑자기 달려드는 멍멍이를 피하느라 하마터면 떡 쟁반을 떨어트릴 뻔한 일이 있었다.

'태야'는 나와 동갑내기 여자 친구로 나보다 생일이 빠르고 성격도 성한 머슴아 같아서 어릴 때 소꿉장난할 때부터 언제나 나에게 이기려 했다. 나도 사내라고 깡다구가 있어 서로 지지 않으려고 많이 싸웠다. 이름도 남자 이름인 석태(錫泰)였다. 사춘기에 접어들자 남녀유별의 고풍이 센 곳이라 서로 내외를 하게 되어 나는 속으로 그녀를 은근히 좋아했지만 한마디 말도 하지 못했고, 속으로만 남몰래 짝사랑을 했다. 그의 집은 우리 집보다 잘 살고 학교도 대구 오빠 집에 기숙하면서 중학을 나와 콧대가 셌다. 중학도 못간 나에게는 애당초 과분한 상대였는지 모른다. 열등의식에 젖기도 했으나 한편 그를 연모하며 부러워한 것은 사실이었다.

그녀는 대학생과 결혼을 했으나 신혼의 달콤한 꿈도 깨기 전에 6·25 사변이 일어났다. 학도병으로 간 신랑이 낙동강 전투에서 전사했다는 전사통보를 받고 며칠이나 식음을 전폐했고, 돌담 너머로 울음소리가 들릴 때면 내 마음도 슬퍼졌다. 뒤이어 나도 군에 입대를 하였고 후문에 재혼을 했다는 소식은 들었으나 어디에서 살고 있는지, 이승을 떠났는지도 알 길이 없다. 하염없이 내리는 빗줄기 사이로 그녀의 모습이 희미하게 나타났다 사라진다.

돌담 너머로 된장 그릇, 떡 그릇 등 별미음식을 주고받던 인심이 그립다. 그 집도 우리 집도, 아니 온 마을이 아파트 숲으로 변해 흔적조차 찾을 수 없다. '소나기가 그친 뒤 동녘 하늘 둥근 무지개의 아름다움, 동쪽 하늘에 무지개 서면 도랑가에 소 매지 마라'란 속담에 소몰이를 재촉하며 넘어오던 고개, 소나기 빗줄기 따라 마당에 떨어진 붕어와 미꾸라지 잡기에 정신이 없었던 그 시절, 비가 내리는 날의 추억은 나를 동심의 세계로 빨려들게 한다. 비가 오는 날이면 독서와 더불어 추억의 낭만에 젖기도 한다. 비 오는 날의 우산 속에서 홀로 명상에 젖는 우중산책(雨中散策)은 나만의 고독을 즐기는 또 하나의 취미다. 그래서 나는 비를 무척 좋아한다.

창문이 훤하게 밝아온다. 새벽 산책길에 나서야겠다.

섣달 그믐날

섣달 그믐날, 음력으로 한 해를 마무리하는 날이다.

이날을 세모, 세밑 또는 작은설이라고도 하며 이날 밤을 섣달 그믐밤, 제야로 부르기도 한다. 이날 밤에 잠을 자면 눈썹이 하 얗게 센다는 말이 있었다. 내가 어릴 때에는 설날에 입을 새 옷 을 윗목에 두고 잠들지 않기 위해 늦게까지 놀다가 나도 몰래 깜 박 잠이 들었다. 다음날 아침에 "너 눈썹 세었다."고 형이 놀리면 놀라서 거울을 들여다보기도 했다.

동지 팥죽을 먹으면 한 살 더 먹게 된다는데 팥죽도 먹었고, 양 력설도 쇠고, 내일이면 음력설을 맞게 되니 내 나이도 이제 한 해를 더하게 됨이 분명하다.

내가 7~8세쯤 되었을 때 세모(歲暮)에 우리 집으로 보부상(褓

負商) 할머니가 오셨다. 그때는 닷새 만에 서는 시장 나들이도 길이 멀어 가기 어려울 때라 보부상이 가정에서 필수로 하는 물건들을 가지고 이 마을 저 마을로 돌아다니며 장사를 했다. 소위 도붓장사라 불리던 그 할머니는 어머니 앞에 여러 물건들을 내어놓고 사기를 권하였지만 흥정이 잘 안 되었는지 마당에서 놀고 있는 나를 불렀다. 그리고는 청하지도 않은 사주를 봐주겠다면서 그림이 그려져 있는 책을 내놓고는 나의 생년월일과 시를 물으면서 손가락을 폈다 구부렸다 하더니 책을 펴서 어머니와 나에게 보여주며 사주팔자가 아주 좋아 부귀 장수하고 아들 딸 낳고 잘 살 것이라 했다. 그림을 가리키는데 보니 기와집 밑에 남자 아이 둘과 여자 아이 하나가 그려져 있었다. 기와집에서 아들 둘과 딸 하나를 두고 70이 넘도록 장수할 것이라 했다. 그 때까지만 해도 시골인 우리 마을에는 기와집이라고는 한 채도 없었고 또한 70세까지 장수하는 분도 드물었다.

어머니는 이 말을 듣고 은근히 좋아하는 눈치였다. 나도 기와집에서 70이 넘도록 살 수 있다는 말에 기와집은 고사하더라도 70이 넘도록 살 수 있다니, 그렇게 오래 살 수도 있는가 하고 의아해 했다. 어머니는 아마 그 도붓장사의 수다에 쌀바가지깨나 주고 물건을 샀을 것이다.

왜 갑자기 이런 생각이 났을까? 자고 나서 일기를 적는데 또

한 해를 보내게 되는 아쉬움에 지난 어린 시절이 떠오르고 지금까지 살아온 일들이 주마등처럼 스쳐간다. 그 도붓장사 할머니의 사주 풀이와 같이 용케도 현재 70이 넘도록 살아 왔고 2남1녀 모두 제 나름대로 가정을 이루고 살고 있으며 또한 기와를 이은 벽돌 반 양옥에 살고 있으니 우연의 일치치고는 신기하기도 했다. 초가는 없어진 지가 오래되었고 기와집마저 아파트에 밀려 사라져 가고 있으니 금석지감(今昔之感)을 금할 수 없다.

양지의 햇볕이 도타우면 도타울수록 음지의 그늘이 짙다는 말과 같이 70평생을 살아오면서 눈물겨운 어려움과 죽을 고비마저 몇 번이나 겪었다. 9세 때 장질부사로 저승 문턱까지 갔다 왔고 11세 때 어머니를 잃었으며, 초등학교 때 얼음을 타다 물에 빠져 죽을 뻔도 했었다.

고학으로 일본 유학을 마친 중형의 변고(變故)는 우리 가정을 낭떠러지로 곤두박질치게 했으며 나의 진학의 꿈도 송두리째 앗아갔다. 6·25 사변 때는 최전방 중부전선에서 실전에 참가하여 몇 번이나 사선을 넘나들기도 했다. 요행히 살아남아 공직 30년, 약품상사 3년, 건설회사 8년을 거쳤지만 삶은 희비쌍곡선의 연속이었다.

가정 형편의 무리를 무릅쓰고 형님을 졸라 겨우 들어간 고교의 학창 생활도 징집으로 중퇴했으니 나에게는 초등학교 졸업장이 유일한 학력이다. 비인기 직업인 교정직을 천직으로 삼고 학력의 콤플렉스를 벗어나기 위해 보통고시에 도전을 했으나 그마저 폐지로 무산되었고, 다시 독학으로 방사선사 국가고시에 합격하여 구금과 질병으로 이중의 고통을 받는 불우재소자의 보건의료에 필요로 하는 자리를 확보하게 되었다. 그 덕분에 모범 공무원상(총무처장관), 인권옹호상(변협회장), 제2회 교정대상(법무부, 한국방송공사, 서울신문사 공동), 옥조근정훈장(대통령)까지 외람되게 받았다.

건설 회사를 끝으로 은퇴 노인이 된 지도 오래되었다. 20년 연금이지만 19년째 제날짜에 어김없이 통장에 자동 입금되고 또한 6·25 참전 유공 보상금까지 받고 있으니 너무나 감사하다. 아이들을 설득시켜 사후 시신을 의학 연구용으로 영대병원에 기증해 놓았다.

설달 그믐날 일기를 쓰다가 도붓장수 할머니의 사주 풀이가 우연히 떠올라 추억의 보따리를 풀어 보았다. 남은 삶 덤으로 생각하고 언제 소천(召天)의 그날이 오더라도 두려움과 당황함 없이 편안한 마음으로 가게 해달라고 기도한다.

아내의 순애 純愛

매일같이 보이던 노부부가 근래 약 두 달간 눈에 띄지 않는다. 지병이 악화되어 다시 입원을 했는지, 아니면 작고(作故)했는지 불길한 생각이 들었다.

소나기가 한 줄기 쏟아진다. 우산을 받쳐 들고 앞산 큰골의 연못가에 섰다. 청둥오리 새끼가 비를 맞으며 줄지어 물살을 가르고 있다. 오리들의 모습을 카메라에 담고 은적사 쪽으로 발길을 옮겼다. 대덕사를 지나 비를 피해 케이블 카 밑 사각정으로 '선요가' 체조를 하기 위해 들어섰다. 그곳에는 낯익은 60대 부부가 마주앉아 부인이 남편의 허리를 잡고 굴곡 운동을 시키고 있었다. 약 10년 전부터 거의 빠짐없이 불구의 남편을 차에 태워 올라와서 운동을 시켜온 부부였다. 볼 때마다 애처로웠다. 이날 우연히 비를 피해 사각정에서 함께 하게 되어 그동안의 궁금증을 풀 수 있었다.

부인에게 인사를 건넸다. 내 기억으로 약 10여 년이 되었는가 싶은데 매일같이 이렇게 남편을 위한 정성이 놀랍다면서 남편의 불구사유를 물었다. 현재 남편이 65세인데 10여 년 전 D교대 교수로 재직 시, 전신이 떨리는 증상이 와서 진찰했더니 파킨슨병이라고 했단다. 식사도 혼자 할 수 없고 화장실마저 부축하지 않으면 용변을 볼 수 없을 정도의 중증 기능장애라 했다. 파킨슨병은 뇌신경 손상으로 몸이 떨리는 병이라 별다른 치료방법이 없고 매일 이와 같이 차에 태워 산에 올라와서 운동을 한다고 했다. 그래서 치료비며 생활비는 어떻게 감당하느냐고 물었다. 연금으로 생활하고 있으며 자신도 교직에 있다가 이로 인해 사직을 하고 자신은 퇴직금을 일시금으로 받아 치료비와 아이들의 교육비 등을 메꾸어 왔다고 했다. 슬하에 1남 2녀가 있는데 맏이인 딸애만 출가시켰고 둘째는 직장에 나가고 있으며 막내아들은 군복무를 마치고 복학을 했다고 한다. 자신은 교직에서 나와 전적으로 남편 시중에 매달리고 있다는 것이다. 몸을 떨면서 옆에 앉아 있는 남편을 바라보며 말은 알아듣지만 의사표시는 간단하고 어눌하게만 한다고 했다. 화학을 전공했는데 독한 시약의 중독이 아닌가라고 의심도 해보았단다. 한시도 책을 손에서 떼지 않던 남편이 부축 없이는 한 발짝도 움직일 수 없고 종일 우두커니 앉아있게 되었단다. 식물인간은 의식이 없으니 고통을 모르겠지만 식물인간보다 못한 삶을 10여 년을 살아오고 있단다. 그래도 죽는 것보다는 낫지 않겠느냐고 위로했다.

정자 옆에 세워져 있는 마티즈 새 차가 보였다. 10여 년 타던 티코에서 얼마 전에 새 차로 바꾸었다고 했다. 부인에게 얼마나 고생되겠느냐면서 봉사단체에 취직한 셈치고 마음을 넓게 가지라고 위로를 했다. 우리들의 대화를 알아듣는지 몸을 계속 떨고 있는 남편에게 정성이 지극한 아내를 가진 것을 행복하게 생각하고 희망을 잃지 말라고 위로를 했다.

소나기가 또 한줄기 쏟아졌다. 아내의 부축을 받아 차에 오르는 애틋한 뒷모습을 바라보며 하염없는 상념에 잠겼다. 그 후 두 달이 지난 어느 날, 태풍이 북상 중이란 일기예보대로 비바람이 심하게 몰아쳤지만 우산을 받쳐 들고 대문을 나섰다. 그날은 평소 올라가던 산책길이 아닌 충혼탑 쪽으로 해서 서편 산길을 따라 올라갔다. 케이블카 승강장 광장에는 비 때문에 운동하던 사람들이 보이지 않았다. 마침 사각정에서 중년 한 분이 비를 피해 운동을 하고 있었다. 두 달 전 비오는 날의 얘기를 하면서 그 뒤의 사정이 궁금하여 오늘 비 오는 날 일부러 여기를 왔다고 했더니 자기도 매일 올라오는데 요사이도 계속 보이더라는 것이다. 걱정을 했는데 다행이라는 이야기를 나누고 있을 때 차가 한 대

정자 앞에 섰다. 마티즈 차에서 부인의 부축을 받으며 내리는 모습이 그들 부부가 틀림없었다. 부인의 손을 잡고 잔디 마당을 도는데 전보다 발걸음이 훨씬 수월해 보였다. 잔디 마당을 한 바퀴 돌고 내가 있는 사각정으로 들어섰다. 줄곧 올라왔는데 오늘은 비가 와서 좀 늦게 나섰다고 했다. 아저씨 얼굴에 생기가 돌고 동작도 훨씬 가벼워 보인다고 했더니 감사하다며 인사를 받았다. 아저씨가 나의 말을 알아들었는지 미소를 짓는다. 몸 떨림도 전보다 적어졌다. 긴 병에 효자 없다고 했는데 10년이란 세월 동안 자신의 모든 것을 희생하면서 오직 남편의 간호에 몸과 마음을 바친 부인이 존경스러웠다. 황혼 이혼과 물질 만능의 각박한 이 시대에 너무나 감동적인 아름다운 순애였다.

　지성이면 감천이라고 했다. 그렇게 정성을 다하니 하늘도 감동했으리라고 격려를 하고 먼저 자리를 떴다. 왜소한 몸집에 여윈 부인의 모습이 빗줄기 속에 자꾸 어른거렸다.

탁구

탁구를 치게 된 계기는 재직 시 치료실 근무를 할 때였다. 당시 사용하지 않는 빈 수술실이 있어 휴게실에 있던 탁구대를 옮겨 놓고 틈나는 대로 하기 시작했던 것이다. 휴식시간을 이용하여 직원끼리 오락삼아 했으니 발전이 없는 똑딱 볼에 불과했다. 그 후 탁구대를 치우게 되고 지금까지 기회가 없어 탁구를 잊고 살았다.

세월이 지나 직장생활에서 벗어난 후 새로운 삶을 찾던 중 2004년에 대덕노인복지관과 인연을 맺었다. 당시 처음으로 복지관에 탁구반이 생겨 자연스럽게 다시 탁구를 접하게 되었다. 복지관이 집에서 멀지 않아 탁구 외에도 컴퓨터, 요가 등으로 즐겁게 소일하고 있다. 특히 탁구는 시간에 관계없이 항상 개방되어 있기 때문에 다른 프로그램을 수강하면서 틈나는 대로 언제나 할 수 있어 좋다. 기력(技力) 향상을 위해 코치를 초빙하여 레슨을 받고, 희망에 따라 개별적으로 보충 레슨도 받는다. 실력에 따라 A, B, C조로 나누어 분기별로 친선 경기를 하고 시상과 회식으로 여흥 풀이를 하며 화합과 친목을 다지고 있다.

서당 개 3년에 풍월 읊는다고, 회원 또래에서는 중급은 되어 실력이 비슷한 회원끼리 조를 편성하여 복식 게임을 할 때는 시간 가는 줄도 모른다. 공이 마음먹은 대로 들어갈 때나 스매싱 성공으로 짝꿍과 손뼉을 마주 칠 때의 그 짜릿한 쾌감은 말할 수 없다. 모든 잡념과 스트레스를 풀 수 있어 이제는 하루도 탁구를 치지 않으면 허전해서 참기 힘들 정도로 몰입하게 되었다. 집에서 독서를 하다가 또는 다른 프로그램 수강으로 눈이 피로하거나 몸이 노곤할 때는 라켓을 들고 탁구실에 가서 게임으로 몸을 풀고 나면 몸과 마음이 가뿐해진다.

복지관 탁구실에는 늘 열기로 들끓는다. 사람 사는 맛이 나는 현장이다. 큰 소리로 외치며 라켓을 휘두르는 모습에서 삶의 활력을 느낀다. 공이 잘 들어가도 웃고 실수로 점수를 잃어도 모두들 크게 소리 내어 웃는다. 회원의 연령이 50대에서 70대라 그 중에는 젊은 시절 선수생활을 한 분도 있고 처음 치는 왕초보도 있어 실력이 다양하다. 이렇게 좁은 공간에서도 많은 사람이 함께 즐길 수 있는 운동이 탁구의 매력이다.

　게으른 사람은 탁구를 즐기기 힘들다. 연방 허리를 굽혀 공을 줍거나, 재빠르게 굴러가는 공을 잡으러 가야 하기 때문이다. 또 한순간도 공에서 눈을 뗄 수 없고 떼어서도 안 되기 때문에 눈동자를 열심히 돌려야 한다. 그래서 탁구를 치면 시력이 좋아진다는 말도 있다. 운동을 하다보면 승부에 욕심이 생기게 마련이다. 그러나 우리 복지관 탁구장은 그렇지가 않다. 승부에 집착하기보다 대부분은 과정 그 자체를 즐긴다.

　요즘은 한 세트가 11점 경기여서 빠르게 진행된다. 큰 점수 차이로 이기고 있다가도 그 세트를 지는 일도 허다하다. 그래서 탁구를 치면서 나름대로 생각한 것이 있다. 연이어 3점을 뺏기지 않도록 주의하는 일이다. 승부를 떠나 긴장의 끈을 다잡기 위한 하나의 방법이다. 물론 뜻대로 되지 않을 때가 많다. 보통 5판 3승 게임을 하는데 먼저 2패를 당한 뒤 내리 3승을 하는 경우도 적잖다. 공이 '지면에 닿기 전'까지는 끝까지 온몸과 눈으로 공을 쫓아야 한다. 아주 강하게 공격해 놓고는 '이 정도면 되겠지' 생각하고 방심하다가 상대방 선수에게 뜻밖의 역공을 당해 점수를 잃는 경우도 흔히 있기 때문이다.

구기 운동은 흐름을 탄다. 한 번 잘 포착된 분위기는 큰 점수 차이를 극복하게 하고 종내는 승리를 안겨 주기도 한다. 이것은 우연히 이루어지는 것이 아니다. 한 팀 선수들이 혼연일체가 되거나 경기에 나선 선수가 놀라운 집중력을 보일 때 가능한 일이다. 공이 떨어져 땅에 닿기 전까지는 승부가 결정되지 않는다. 우리의 삶도 이와 별반 다를 것이 없다. 끝까지 목표물에서 눈길을 떼지 않고 그 상황을 지킬 때 성취의 길은 열린다. 만만찮은 세상살이에서 우리 자신을 온전히 세우는 일은 '공이 지면에 닿기 전까지는 긴장의 고삐를 다잡고 있어야 한다.'는 것이다. 그래서 오늘도 탁구에 매료되어 발길을 탁구실로 옮긴다.

텃밭 타령

    아내의 성화에 못 이겨 고향의 텃밭으로 갔다.

    연일 계속되는 찜통더위로 방제청에서는 외출을 자제하라는 폭염경보 메시지까지 보내주는 날씨였지만, 새벽같이 처제가 집 앞에 차까지 몰고 와서 가자는 데는 피할 길이 없었다. 아무리 더워도 처서가 내일이라 처서 전에 김장용 채소 파종을 해야 된다는 것이 그들의 주장이었다.

    새벽이라 차가 밀리지 않아 텃밭이 있는 신월에 비교적 빨리 도착했다. 대구에는 비가 오지 않았는데 이곳에는 밭고랑에 소나기가 내린 흔적이 보인다.

    땅이 질어 작업을 할 수 있을는지. 그냥 돌아갈 수도 없고 일단 시작은 해보자고 목이 긴 고무신(長靴)을 갈아 신고 제초 작업을 시작했다. 지난 제헌절에 와서 말끔히 김을 매고 갔는데, 한 달이 지나니 잡초가 허리 높이만큼 무성했다. 낫으로 풀을 베어내고 삽으로 땅을 파서 이랑을 만들었다. 몸은 땀에 젖어 소나기를 맞은 꼴이다. 삶은 고구마로 아침식사 겸 간식을 대신하면서 얼음 보리차를 연거푸 마시며 갈증을 풀었다.

점심은 전화로 주문한 냉면에 냉 막걸리로 반주를 곁들여 평상 파라솔 차일 아래 둘러 앉아 먹으면서 열기를 식혔다.

그런데 식사 후 갑자기 북쪽 하늘에서 시커먼 비구름이 밀려오더니 소나기를 퍼붓기 시작했다. 평상 파라솔 밑에 붙어 서서 갑자기 퍼붓는 소나기를 피했다. 소나기는 순식간에 밭고랑에 물이 고여 넘쳐흐르게 하더니 잠시 후 거짓말처럼 훤히 개기 시작했다. 땅이 질어 더 이상 작업을 할 수 없어 퇴비만 이랑에 뿌리고 작업을 마쳤다.

대구에 도착하니 벌써 해가 기울고 있었다. 그러나 어디를 봐도 비가 내린 흔적은 없었다.

처 외조부님은 딸만 다섯을 낳고 아들이 없었다. 논밭과 과수원은 양자에게 물려주고 산소를 모신 산을 딸 다섯과 양자 그리고 큰집 조카까지 일곱 사람 명의로 등기를 하였다. 그때 받은 장모님 몫 중 7분의 1이 나의 처 명의로 이전 되어 우리의 텃밭이 되었다. 포도밭과 자두밭은 양자가 개간해서 농사를 짓고, 남은 산자락을 각자의 능력대로 일구어 텃밭으로 만들어 취미삼아 하게 된 것이 오늘에 이르게 된 것이다. 처 외조부님의 딸 다섯 중 한 분만 남고 모두 돌아가셨다. 그래서 자식들은 이종들끼리 무공해 채소를 가꾸고 흙냄새를 맡으며 주말에 만남의 장소로 하자며 약속했다. 그러나 올해로 3년째 하고 있는데 농사라는 게 처음 생각과는 완전히 달랐다.

고추농사는 해마다 전멸이고, 겨우 김장용 무와 배추, 상추, 쑥갓, 들깨, 파, 정구지 등 병충해에 강한 채소만 겨우 먹을 수 있을 정도이다. 다른 것은 몰라도 고추와 무, 배추는 농약을 전연 안 쓰면 병충해를 막을 길이 없었다. 시중에서 유기농산물이라고 선전하지만 농약을 덜 쓴다는 것뿐이지 전연 안 쓴다는 것은 빈말임을 경험으로 알게 됐다.

아이들도 처음에는 주말에 몇 번 따라오더니 지금은 저희들만의 주말을 보내고, 이제는 우리 부부만 남아 무리인 것 같다. 특히 어제와 같이 폭염경보가 내려 노약자는 외출까지 삼가라는 메시지가 날아오는 판에 아내와 처제의 성화에 나가기는 했지만 애초의 전원적인 정서 운운은 감상에 지나지 않음을 느꼈다.

그러나 아내가 한때 신경통으로 지하철의 계단을 오르내리기에 어려웠던 때를 회상하면 저만큼이라도 건강이 회복되었음에 감사한다. 소풍삼아 도시락 들고 가끔 나가자는 아내의 말처럼 주택단지 조성으로 없어진 고향이지만 어릴 때의 추억을 더듬어 보려는 충정을 나 또한 공감하는 터라 굳이 뿌리치지 못한다.

며칠 후 땅이 마르면 김장 채소 씨 뿌리러 가자는 것을 또 거절하지 못하고 약속을 하고 말았다

광복절 유감 光復節 有感

62주년 광복절. 모임에서 시원한 바닷바람도 쐬고 회도 먹을 겸 포항으로 나들이를 하기로 했으나 자고나니 뱃속이 시원찮아 불참하기로 했다. 어제 고향 종회에 가서 이것저것 먹은 데다 돌아와 막걸리와 맥주 파티가 원인인 것 같았다. 날씨도 끄무레하고 별로 마음도 내키지 않았는데 불참 구실감이 되었다.

대신 새벽 산행으로 기(氣)를 충전하고 조용히 독서나 하면서 보내기로 했다. 그러나 아침 식사 후 pc부팅을 하고, 메일을 읽고, 커피 향 카페의 유혹에 이곳저곳 돌아다니다 보니 책을 한 페이지도 읽지 못했는데 해는 벌써 기울고 있다.

62년 전 해방 되던 해, 그때 내 나이 열다섯으로 초등학교 6학년이었다.

우리 집은 신문은 물론 라디오도 없는 두메산골이었고, 낮에는 방학 숙제로 앞산에 올라가 솔갱이 한 자루를 따서 내려왔다.

해방 소식은 읍에 갔다 돌아온 인편에 저녁 늦게 소식을 들을 수 있었다. 만약에 일본이 전쟁에서 지면 노랑머리 코쟁이에게 끌려가서 몰살당한다고 교장 선생님에게 들었는데, 해방이란 낯선 구호로 어른들은 야단들이었다. 교장 선생님이 거짓말 했다고 실망할 만큼 우둔하고 순진한 시절이었다.

강제로 성과 이름을 일본식으로 바꾸고 일본어를 국어로 사용하게 했다. 학교에서 우리말을 하다 들키면 벌을 받았다. 또한 일본의 국조인 천조대신(天照大神)의 신단(神壇)을 집집마다 걸어놓고 아침저녁 참배를 강요받았다.

광복의 기쁨도 순간, 좌우 이념의 대결로 남북 분단과 동족상잔의 6·25, 4·19와 5·16 등 비극의 소용돌이 속에 반세기가 넘은 세월이 흘렀다. 아직도 허리 잘린 이 강토에서는 이념의 차이로 서로 으르렁거리고 있다.

도대체 이념이란 것이 무엇인가. 벌과 나비처럼 오순도순 정답게 살 수 있으면 좋으련만 강대국들의 개입으로 우리의 힘만으로는 이룰 수 없는 통일, 이것이 약소민족의 설움인가.

내 생전에 통일의 그날이 보고 싶구나!

수필집 '산수화 뒤에서'

　　견일영 선생님의 세 번째 수필집 《산수화 뒤에서》를 감명 깊게 읽었다. 이 책을 읽으면서 이처럼 아름다운 글을 어떻게 쓸 수 있을까? 하고 감탄하면서 본인의 서투른 글쓰기를 한탄했다. 선생님께서 병력(病歷)이 없고 건강하시다면 감동을 덜 느꼈을 것이다. 《산수화 뒤에서》는 독자로 하여금 생로병사에 대한 동병상련의 큰 위안이 되고도 남는다. 문학의 힘이란 바로 여기에 있다고 느꼈다. 선생님께서는 세 권의 수필집에 소설 《탁영금》까지 출간하셨으니 참으로 경외롭다. 백혈병이란 난치의 병고와 싸우면서 자포자기(自暴自棄)하지 않고 일궈낸 주옥같은 글이 많은 사람에게 용기와 희망을 주는 것은 물론 아름다운 영혼으로 길이 남을 것이다.

이 책을 지난 정초에 작가에게서 받아 세 번이나 되풀이 해 읽
었다. 읽을수록 진미가 우러남을 느꼈고 아름다운 어휘에 매혹
되어 감명 받은 구절을 발췌, 메모를 해서 수시로 음미한다.

영혼은 아름답고 소중하다. 모든 것은 떠나지만 영혼은
남는다. 이제 간이역에 잠시 머무르다 곧 떠나야 할 짧은 시
간에 철로 가에 핀 작은 꽃을 본다.

－〈기간제 생명〉 중에서

불쌍하게도 나는 도피심리, 공포심리, 우유부단성의 굴
레에서 벗어나지 못하고 있다. 언제 산수화의 뒤에서 과감
하게 뛰쳐나와 자유롭게 이 세상을 활보할 수 있겠는가.

－〈산수화 뒤에서〉 중에서

상대편 가슴의 고통이 얼마나 아픈 것인데 운명이란 변명
과 추억이란 낭만으로 얼버무린다. 그의 아픔은 아가페의
가면을 쓰고 외면했다. 나는 고해라는 말로 된 방패 뒤에 숨
었다.

－〈모래시계〉 중에서

수구초심을 훌렁 벗지 못하는 걸 보면 나는 아직도 동물

의 본능에서 더 진화하지 못한 것 같다.

- 〈아키타의 눈 추설(秋雪)〉 중에서

내가 고향 쪽을 향해 고개를 돌리면 힘들었던 옛이야기가 무성영화로 가슴을 울리고, 기러기 떼는 삼각 열을 지어 북으로 날아간다. 때 묻은 치맛자락이 나물바구니와 겹쳐 추억 속에 맴돈다. 누항에 떠돌다 빈 가슴으로 돌아가는 고향, 반겨줄 사람도 목 놓아 울어줄 사람도 없는 뒷산 오리나무 숲 속으로 돌아가자.

- 〈귀향사〉 중에서

이제는 모든 것을 잊고, 남은 날을 헤아리지 말자. 지난 날을 되새기지도 말고 후회 같은 것은 아예 생각지도 말자. 이 세상의 모든 생물은 다 죽는다. 그리고 모든 것은 허무하게 떠나고 흔적도 없이 사라진다. 할아버지도 죽는다. 그러나 사라질 뿐 아름다운 추억은 오래 남을 것이다.

- 〈황혼〉 중에서

죽음은 삶이 만든 최고의 발명품, 새로운 결단에 도움을 준다. 가장 확실한 것은 죽는다는 것이고 가장 불확실한 것은 언제 죽는다는 것이다. 인간이 가장 무서워하는 암에 걸려 투병하고 있는 사람은 죽음에 대한 공포와 비례하여 삶의 의미를 깊이 생각해 보게 된다. 언젠가는 생의 종말이 온다. 함께 괴로워하고 함께 울어 줄 상련(相憐)자(者)가 있다면 얼마나 큰 위안이 되겠는가. 이제 떠나야 할 가을 단풍잎도 한데 모여 서로 비비대며 가을을 함께 수놓는다.

- 〈동병상련〉 중에서

도스토옙스키를 위대하게 만든 것은 간질병과 사형수가 되었던 고통이었다. 베토벤을 위대하게 만든 것은 끊임없는 실연과 청신경 마비란 음악가 최대의 고통이었다. 고통은 불행이나 불운이 결코 아니다. 고통은 도리어 행복과 은총을 위한 가장 아름다운 반제물이다. 주여! 천년도 수유 같은 이 짧은 여인숙의 하룻밤을 주님의 능력으로 편안케 하여 주시옵고 머피의 법칙 속에서 헤매고 있어도 남을 원망하지 않고 칭송하게 하여 주옵시며, 언제나 어린애 같은 해바라기가 되어 하나님만 바라보며 영생의 기쁨을 누리게 하여 주옵소서.

- 〈해바라기의 기도〉 중에서

고독의 철학은 돈이 생기지 않는다는 것이다. 그리고 남에게 관심이나 호감을 가지지 않는 것이다. 자유는 여기에

서 잉태한다. 이 자유가 나를 위로하고 때로는 희열을 안겨
준다. 고독은 격리된 삶을 말하는 것이 아니다. 자신의 내면
을 들여다보는 여유, 능력, 재미를 말한다. 인생은 고해다.
나는 지금도 고독을 통해 그 고해에서 위로를 받고 있다.

- 〈고독의 위안〉 중에서

　　그때 내가 쓰던 방은 옛 고향집 같다. 방은 허술하고 문풍
지는 바랬지만 한때 주인이었던 내방에 들어서니 낯선 느
낌이 조금도 들지 않는다. 다만 달라진 것은 그 방이 많이
낡았고 나도 많이 늙었다는 것이다. ―중략― 짧은 겨울해
가 서산을 넘고, 저녁 예불소리가 들린다. 목청껏 소리치고
싶은 만용을 잠재우고, 조용히 참 조용히 아름다운 영혼으
로 다시 태어나기를 기원한다. 진리는 어디 있는가. 집착을
버리면 진리를 맛볼 수 있겠는가. 번뇌가 없어져야 깨달음
의 경지에 이른다고 하지만 이 요사채에서 추운 겨울을 백
번 지내봐도 열반 적정에 이를 것 같지 않다. 문틈으로 찬
바람이 스며들고 나는 담요를 끌어당겨 무릎을 덮는다. 내
몸을 요사채에 묶어놓고, 아무리 고행을 해도 일체개고(一
切皆苦)에서 한 치도 벗어날 수 없음을 어쩌겠는가.

- 〈겨울 요사채〉 중에서

〈겨울 요사채〉를 읽으면서 10여 년 전 작가가 경북고등학교 교장에서 은퇴하신 후 영남수필 회장직을 맡고 있을 때가 생각났다. 대구남부도서관에서 수필문학 강좌를 개설했을 당시 수강생 일행이 고산에 있는 증심사(證心寺)를 방문했다. 은퇴 후 무료를 달래기 위해 정양(靜養)의 임시 거처로 삼은 곳이라 여겨졌다. 좁은 방 안에는 사방이 책으로 가득 메워져 무릎이 닿을 정도였다. 옆방에 거처하는 아동문학가인 정휘창 선생님과 처음 인사를 나눈 적이 어제 같은데, 10여 년의 세월은 염치없이 얼굴에 주름만 남기고 흘렀다. 자꾸만 그때 생각이 난다. 그 수필 강좌가 불씨가 되어《청보리》란 제명으로 10집까지 발행되었다.

책의 끝머리 '나의 작가 노트' 중에 '문장에 역점을 두고 수없이 다듬어서 완성'이란 문장을 몇 번이나 되풀이해서 읽었다.

'글감이 되는 소재가 발견되면 잽싸게 낚아채어 기록한다. ─중략─ 글재주는 많은 글을 읽는데서 출발한다. 결국 문자에서부터 문장에 이르기까지 모방에서 출발하여 그것을 자기 것으로 만드는 특출한 재주가 있어야 한다. 특히 언어를 굴절시키는 재주는 이 모방을 훌쩍 뛰어넘어 문재(文才)로 도약해야만 가능하다. ─중략─ 홀더에 매달려 숱한 고생을 해야만 겨우 한 편의 수필이 되기 때문이다. ─중

락 – 구양수의 위문삼다(爲文三多)에서 상량다(商量多)
에 역점을 두고 퇴고(推敲)의 거듭으로 문장을 완성한다.'

이 글을 거듭 읽으면서 나의 부실한 글쓰기를 뉘우치게 되었
다. 프로 작가도 이와 같이 세심하고 정밀하게 글을 쓰는데 흉내
만 내는 나의 부실(不實)한 글쓰기야 오죽하겠는가.

2부

난蘭

눈먼 자에게 진주라 해야 할까. 이 귀한 난을 주고 간 여인의 고마움을 전연 모르고 그동안 난에 대해 너무 무관심하고 홀대한 자신이 후회스러웠다. 그렇게 무심했는데도 아름다운 꽃을 피워 나의 메마른 정서에 따뜻한 훈기를 불어넣어 준 난에 대하여 부끄럽기도 하고, 난을 주고 간 은이 엄마의 성의에 미안하고 죄스러웠다.

개미의 수난受難

어제 텃밭에 가기 위해 대곡 큰애 아파트에서 대명동 집으로 돌아왔다.

지금도 살고 있는 대명동 집은 대지 58평의 한옥을 사서 헐고 내가 직접 반 양옥으로 지은 것이다. 여기서 삼남매를 키워 필혼 후 살림까지 다 내주었으니 나의 애환의 보금자리다.

큰애 내외가 직장인이라 아내가 집을 돌봐 줘야 할 형편이라 주말 외에는 큰애 집에 가 있다. 그래서 나 혼자 집을 지키는 독거노인 신세가 된 지 두 해가 흘렀다.

그동안 홀로 서기 연습을 하였지만 이제 그것도 하기 싫어지던 참에 애들도 저희 집으로 와서 함께 있자고 했다. 나 역시 반찬은 만들어 냉장고에 준비해 놓았지만 밥 짓는 것도 힘겨운 때가 있어 며칠간 애들 집에 가 있어보니 식사뿐 아니라 여러 가지가 혼자 있기보다는 득이었다. 우선 내 돈을 덜 쓰게 되니 연금에 축이 적고 아파트 바로 앞이 산이라 포장 안 된 흙길의 새벽 산행이 앞산의 큰골보다 훨씬 좋은 것 같았다. 그래서 근래는 애들 집에 기식(寄食)하는 날이 더 많아졌다.

대명동 집은 방 한 칸을 사글세를 놓아 빈집은 아니나 주말에만 사용하는 별장처럼 되어버렸다. 그런데 며칠 전 태풍이 지나가고 장마로 인해 청소를 하지 않았더니 대문간과 수돗가, 장독대 등에 파란 이끼가 잔뜩 끼어 아내와 대청소를 시작 했다.

우선 이끼를 벗기기 위해 염산을 뿌리고 밀대 솔로 밀고 물로 씻어 내렸다. 그런데 평소에 대문간과 수도 주위에 눈에 많이 띄던 개미들이 보이지 않았다. 어떤 때는 현관으로 해서 거실까지 들어오는 수가 있어 신경이 쓰였는데 이날 청소를 하면서 구석구석 염산을 뿌리고 씻어 내는 바람에 개미들이 수난을 당한 모양이다.

청소를 한 후 큰애 집에 가서 사흘을 보내고 텃밭에 가기 위해 옷도 갈아입을 겸 연장을 챙기고자 대명동으로 왔다. 거실 문을 열고 들어서는데 개미 한 마리가 거실 바닥에 기어 다니고 있었다. 내가 휴지로 움켜잡고 나니 옆에선 아내가 여기도 있다면서 손으로 가리키기에 또 잡았다. 그런데 돌아서니 이곳저곳에서 기어 나왔다. 바닥에 둔 배낭과 옷가지를 드는데 우르르 개미 떼가 쏟아져 나왔다. 그래서 손으로 한두 마리 잡아서는 안 되겠고 나는 빗자루로 쓸고 아내는 모기약을 뿌렸다. 약의 세례를 받고 비실거리는 개미 떼를 쓸어내고 바깥 대문간과 수돗가를 살펴봤더니 개미가 한 마리도 없었다. 항상 개미들이 발에 밟힐 정도였었는데? 순간 감이 왔다. 그렇구나! 그 독한 염산으로 이끼를 벗긴다고 틈틈이 씻어 내는 바람에 개미집까지 약물이 스며들어 거실로 피난(避難)을 왔었구나.

이튿날 다시 현관과 화단 청소를 하는데 모과나무 뿌리 둘레에 전에 못 본 흙무더기가 세 군데나 소복이 솟아 있었다. 자세히 보니 개미가 한 마리 주위를 돌고 있었다. 어릴 때 시골에서 많이 본 개미집이었다. 들여다보고 있는데 또 한 마리가 흙더미 구멍에서 기어 나와 두리번거리더니 구멍으로 들어가 버렸다. 순간 아하, 이놈들이 우리 집 대문간 주위를 거점으로 건물 또는 블록 틈새를 집을 삼고 평화롭게 살아 왔는데 갑자기 염산 세례를 받고 거실로 항의 피신을 했다가 거기서도 몰 주검을 당하고 보니 이제 마지막 피신처로 화단 안 모과나무 밑에 흙을 파고 벙커를 구축하고서는 망을 보러 나와 있구나.

생각이 여기에 미치자 이때까지 서로가 있는 듯 없는 듯 살아왔는데 고의는 아니지만 그들에게는 핵폭탄과 같은 치명적인 염산으로 생활의 근거지를 없앴으니 나를 얼마나 원망했겠는가.

　그래도 저희들은 27년간 함께 살았고 근래에는 비우다시피하는 집까지 지키면서 태산같이 나를 믿고 살아 왔지 않겠나? 나를 얼마나 저주했겠는가.

　바퀴벌레처럼 음식물에 균을 옮기는 것도 아니고 파리처럼 밥상에 제 먼저 시식하는 얌체도 아니며 더욱이 빈대나 모기처럼 밤중에 몰래 피를 빨고 병을 옮기는 해충도 아니잖은가. 그리고 우리 집 개미는 불개미도 왕개미도 아닌 그들에게 해코지 않으면 물줄도 모르는 어디서나 볼 수 있는 순한 개미가 아닌가. 그것뿐인가 매미와 베짱이들은 시원한 나무, 풀숲에서 노래를 부르며 더위를 모르고 가을맞이 합주(合奏) 연습에 빠져 있는데 그 가는 허리 휘도록 겨울 먹이 준비를 위해 한시도 놀지 않고 이 땡볕 복더위에도 열심이 일하고 있는 그들에게 멸문의 화를 입히게 했으니 연민과 죄책감마저 느끼게 했다.

　이제 더 이상 너희들의 영역에 피해가 없을 테니 화단 안 모과나무 밑 벙커를 영구 둥지로 삼고 우리 함께 정답게 살자꾸나. 그리고 거실 침범만은 말라고 혼잣말로 불가침 선언을 했다.

　한나절 무더위가 계속되면서 검은 구름이 몰려들더니 폭우가 동이로 붓듯 한줄기 쏟아졌다. 비가 그치고 난 다음 모과나무 밑에 있는 개미집으로 나가봤다. 소복하게 솟아있던 개미집이 평평해지고 구멍도 막혀 버렸고 개미도 보이지 않았다. 아니? 이놈들도 폭우에 벙커가 무너져 매몰되었구나 하고 내려다보고 있는데 후드득 또 소나기가 쏟아지기 시작했다. 이튿날 새벽산행을 하고 돌아와 청소를 하면서 모과나무 밑을 살펴봤다. 흙더미가 전과 같이 소복하게 솟아있고 뚫어진 구멍에서 개미들이 드나들고 있었다. 개미들이 물어낸 좁쌀 같은 보슬보슬한 보-한 흙을 바라보며 안도의 숨을 쉬었다.

이름

나의 본명은 용유(用愈)이며 돌아가신 할아버님께서 지어주신 아명(兒名)으로 호적에 올려있는 이름이다. 이 이름을 사람들이 틀리게 발음하는 경우가 흔히 있다. 용(用)자는 사성음법(四聲音法 - 平聲, 上聲, 去聲, 入聲)상 거성(去聲)에 속해 장음으로 길게 발음을 해야 하는데 흔히들 단음(短音 - 平聲)으로 잘못 부르는 경우가 많다. 즉 용~유라고 불러야 하는데 용유라고 부름으로써 용(龍, 容, 鎔 - 평성으로서 단음)자로 잘못 호칭하는 경우가 많다. 특히 지금은 한글 전용 시대라 더 심하다. 나는 부르기 까다로운 이름을 지어주신 할아버님을 원망한 적도 있었다. 그러나 생각해보니 항렬자가 유(愈)자로 일가끼리 같은 이름을 피하기 위해 지은 것 같기도 하고, 또한 용(用)자는 날 일(日)자와 달월(月)자가 합친 자로서 음양의 조화를 이루어 일월과 같이 밝게, 그리고 훈(訓)이 쓸 용으로 어디에도 꼭 쓰이게 될 필요한 사람이 되라는 할아버지의 깊은 뜻이 담겨 있음을 늦게서야 깨달았다.

이와 같이 할아버님께서 지어주신 귀한 이름을 일제 말 민족말살의 창씨(創氏)제도의 강압에 나의 이름은 수난을 받게 되었다. 초등학교 1학년(1940년도) 때 내 이름은 청원신길(淸原信吉 - 기요하라 노부요시)로 둔갑을 하였다. 2학년에 올라갔더니 일본인 담임선생이 '노부요시'를 '신기찌'로 고쳐 불러(한자는 그대로) 6학년 해방 때까지 그대로 통했었다. 남의 귀한 이름을 저희들 마음대로 농락을 했으니 분하기 짝이 없는 일이다.

족보를 보니 나의 자(字)는 학언(學彦)으로 되어 있었다. 우리 세대만 해도 출생 후 작명을 하면 아명(兒名)과 자를 지었다. 아명은 어릴 때 부르고 성년이 되면 주로 자를 부르게 했으며 결혼 후에는 처가 마을 이름을 따서 택호(宅號)를 부르기도 했다. 그리고 학자(學者)로 문집을 낼 정도이면 아호(雅號)를 붙이는 것을 보았다.

나는 아호를 가질 자격도 못되고 해서 관심이 없었는데 컴퓨터를 이용하다 보니 때에 따라 실명을 올리기도 불편한 경우가 있다. 그렇다고 애들처럼 컴명으로 하는 것도 경박스러운 것 같

아서 망설이고 있었다. 그러던 차에 퇴직자 모임인 교우회의 홈
페이지 제정에 동참하면서 평소 내가 신망하는 분의 아호 풀이
에 귀가 쏠렸다.

　그 분은 아호가 은곡(隱谷)이라면서 생활 일선에서 은퇴 후 이
제 모든 욕심을 버리고 마음을 비워 마지막 삶의 마무리인 죽음
의 준비를 위해 골에 숨어서 산다고 은곡이라 했다는 것이다. 그
분의 달관(達觀)된 인생관에 공감한 바 있어 문득 나도 이에 대
조되는 아호를 만들어 볼까 하고 생각 중 세계적인 명산 킬리만
자로(스와일리어로 빛나는 산)의 영상(映像)이 떠올랐다. 만년
설을 이고 있는 만고불변(萬古不變)의 장관에 매혹되어 장난기
로 은(隱-숨음)의 반대는 현(現)이니 설(雪)이요, 곡(谷-골)의 반
대는 봉(峰-봉우리)이라.

　설봉(雪峰)으로 작정을 한 후 인터넷으로 설봉이란 아호를 가
진 분을 검색해 봤더니 조선 말기 서화가인 지운영(池運永) 선
생과 정치가이며 서예가인 정희채(鄭熙彩) 선생 등 저명인사 6
명이 나타났다. 이분들을 욕되게 하지는 않을지 생각을 해보았
으나 아호는 중첩 안 된 것이 거의 없다. 눈과 산을 너무 좋아하
며 또한 은곡(隱谷)과 음양 조화(陰陽調和)도 되고 사상의학적
(四象醫學的)으로 소음체질(少陰體質)인 나의 성격이 매사에 소
극적이고 내성적이며 결단성과 박진력이 부족한 단점을 보완키
위한 하나의 심리적 촉구제(促求劑)가 될 것 같기도 해서 설봉

으로 하기로 했다.

　봉상백운비 봉두만년설(峰上白雲飛 峰頭萬年雪)이라.

　봉우리 위로 흰 구름 날고 머리에는 만년설을 이고 있으니 그 얼마나 장관(壯觀)인가. 꿈과 이상은 높을수록 좋다 했으니 비록 이루어지지 않을지라도 원대한 목표를 향해 끊임없이 노력한다 면 설사 분에 넘치는 아호일지라도 무의미하지 않을 것이라 자 부한다. 그러니 나의 본명은 用愈(용~유) 자(字)는 학언(學彦), 택호(宅號)는 광석(廣石-처가 마을 이름), 여기에 설봉(雪峰)이 라는 아호(雅號)를 하나 더 붙여 보았다.

난蘭

내가 아끼면서 애지중지 기르게 된 난 화분이 있다.

확실히 기억은 나지 않지만 대명동 단독 주택에 살 때인 약 25~26년이 된 것 같다. 문간방에 세든 여인인데 교통사고로 남편을 여의고 3~4세 나는 딸 하나가 딸린 30대 후반의 부인이었다. 3년을 우리 집에서 셋방살이를 하다가 딸아이의 취학 문제로 이사를 가면서 난초 화분 2개를 주고 갔다. 이사 간 후 가끔 전화로 안부 소식을 주고받았는데 언제부터인가 소식이 끊어져 지금은 어디서 무엇을 하고 사는지 모른다. 가냘픈 체격에 예절 바르고 센스 있는 여인이었다. 은이 엄마라고 부르며 가족처럼 거리낌 없이 친하게 지냈다. 지금 60고개를 넘은 초로의 나이가 되었을 거다. 딸애도 20대 후반이 되었으니 출가를 시켰는지 오늘따라 난초 화분에 물을 주면서 모녀의 모습이 화분에 자꾸 겹쳐지며 추억이 밀려온다.

경제적으로 어려웠고 일상에 쫓기던 때라 난에 대한 관심이 없었다. 또한 난에 대한 상식도 없었다. 방안 문갑 위에 올려놓고 생각나면 한 번씩 물만 줬다. 그러다가 한 개는 깨어버리고 한 개만 남았었다. 여태껏 분갈이도 한 번 한 적이 없었다.

그런데 지난해 봄에 3개의 촉 중 2개의 촉에서 무언가 솟아올랐다. 자세히 보니 꽃망울이 난석 위로 삐죽이 내밀고 있었다. 하도 신기해서 달라지는 모양을 카메라에 담으며 물도 자주 주고 관심을 갖기 시작했다. 2월 초부터 꽃대가 솟아올라 3월 중순쯤 꽃이 피기 시작하더니 4월 초순에 활짝 피어 중순까지 갔다. 연녹색 세모 꼴 꽃잎 3개가 에워싼 중앙 꽃술은 입술처럼 젖혀져 꽃대는 흰색과 노란 혼색의 조화로 맑고 깨끗했다.

인터넷으로 난에 대해 검색도 하고 난에 대하여 조예가 깊은 집안 조카에게 메일로 자문을 받기도 했다. 우리나라 산야에서 자생하는 민 춘란으로 확인되었다. 잎은 윤택이 나는 진녹색으로 유연한 곡선미가 멋이 있었다. 4월 중순까지 꽃이 지지 않고 내 눈을 즐겁게 했다.

화무십일홍(花無十日紅)이라 했는데 근 한 달간 아름다운 자태를 유지했다.

　눈먼 자에게 진주라 해야 할까. 이 귀한 난을 주고 간 여인의 고마움을 전연 모르고 그동안 난에 대해 너무 무관심하고 홀대한 자신이 후회스러웠다. 그렇게 무심했는데도 아름다운 꽃을 피워 나의 메마른 정서에 따뜻한 훈기를 불어넣어 준 난에 대하여 부끄럽기도 하고, 난을 주고 간 은이 엄마의 성의에 미안하고 죄스러웠다. 그리고 근 30년을 분갈이 한 번 안 하고 생각나는 대로 물만 줬는데도 끈질기게 살아남아 아리따운 꽃을 피운 난의 강한 생명력에 감탄하면서 저절로 고개가 숙여졌다. 단아하고 청초한 자태에서 사군자(四君子)의 자리에서 사랑 받게 된 연유를 늦게야 실감하게 된 자신이 부끄러웠다.

　그런데 지난여름 대곡 아들집에 머물면서 이 귀한 난을 대명동 집에 그대로 계속 두게 되었다. 남의 집 드나들듯 일주일에 한 번 정도 내왕하면서도 제때에 물을 주지 않았더니 지난해 여름에 3개의 촉 중 2개가 말라 죽어버렸다. 미처 몰랐는데 한여름의 더운 날씨에는 매일 물을 줘야 한다는 전문가의 글을 읽고 깨달았다. 그동안 혹한의 겨울과 한여름의 찌는 더위에도 밀폐된 빈방에 방치했으니, 추위와 더위에 얼마나 시달렸겠는가. 무심한 나를 수없이 원망했을 거라 생각하니 바라볼 염치가 없었다.
　그래서 화분을 아들네 아파트로 가지고 와서 때맞추어 물을 주며 보살폈다. 아니나 다를까 고사(枯死)한 2개의 촉에서 한 개의 촉이 살아나고 또한 살아남았던 촉에서 갈색 꽃망울이 솟아올랐다. 말라죽지 않았다면 3개의 촉에서 모두 꽃망울이 나왔을 거라 생각하니 더 안타까웠다.

이제 수시로 난의 생태를 관찰하며 관상해야겠다. 해동이 되고 날씨가 풀리면 분갈이도 하고 하나는 외로우니 짝을 구해서 그동안 홀대했던 무정함과 무성의를 속죄 해야겠다.

다듬잇돌

아내의 성화에 못 이겨 현관 계단실 청소를 하다가 먼지가 뽀얗게 쌓인 다듬잇돌을 발견했다.

다듬잇방망이는 원래는 두 개였었는데 하나뿐이었다. 짝을 잃고 외로이 놓여 있었다. 아내가 우리 살림 밑천인데 깨끗이 닦아 보관하자기에 밖으로 들어내 세제를 뿌려 수세미로 깨끗이 씻었다. 여기로 이사 온 지가 22년이 지났으니 그동안 몇 번이나 사용했는지 기억이 없다. 언제부터인가 쓸 일이 없게 되자 계단실로 밀려나게 된 것 같다. 돌 모서리에 1964년이라 음각되어 있는 것으로 봐서 막내딸애가 나기 한 해 전이니 37년의 세월이 흘러간 셈이다.

다듬잇돌을 씻으면서 많은 감회가 스쳤다. 39년 전, 내가 32살

때 셋방살이를 전전하다가 처음으로 내 집이라고 마련을 했었는데 막힌 안 골목에다 북 대문이며 서향집이었다. 하수구 배수시설도 안 되어 있어 비만 오면 부엌에 물이 고이고, 옆집 돼지우리가 담 벽에 붙어 있어 냄새는 물론 파리와 모기가 들끓는 집이었다. 그래도 내 집이라고 셋방살이보다는 아이들이 마음대로 뛰어놀 수 있어 좋았다. 그 집에서 7년을 살면서 콧구멍 같은 방이나마 5개가 되어 우리가 2개 쓰고 3개는 세를 놓아 짭짤한 수입도 얻게 되었다.

아이들도 바로 옆에 있는 대봉초등학교를 다니는지라 건널목이나 찻길을 건너지 않아도 되어 차에 대한 걱정은 없었다. 그곳에서 7년을 살다가 대구중학 뒤와 방천 둑 아래, 그리고 미8군 정문 앞 등 대봉2동 미8군 정문 앞을 중심으로 막내가 중학을 졸업할 때까지 16년을 개미 쳇바퀴 돌듯 맴돌며 살았다. 그리고 이사할 때마다 이 다듬잇돌을 소중히 싣고 다녔으며 항상 마루 위쪽에 놓아두었다. 그리고 22년 전 지금 살고 있는 대명9동으로 이사 올 때도 이삿짐 목록 1호로 싣고 왔었다. 그러던 것이 언제부터인가 다듬잇돌이 보이지 않더니 오늘 청소를 하다가 우연히 발견하게 된 것이다.

어릴 적에는 밤늦도록 두드리는 어머님의 다듬잇방망이 소리를 자장가 삼아 잠이 들었다. 동지섣달 긴긴밤에 멀리서 들려오는 개 짖는 소리와 함께 들려오는 다듬잇방망이 소리는 세모의 전주곡이었다. 시골 산촌의 아늑한 정경이 60년 전에 돌아가신 어머님의 얼굴에 겹쳐 아련히 떠오른다.

옛날에는 면(棉)과 명주로 옷과 이불 천을 만들었는데, 풀을 빳빳하게 먹여 다듬이질로 주름을 매끈하게 펴기 위해서는 다듬잇돌이 가정의 필수 가구였다. 더구나 명절이 가까워지면 다듬이 소리는 온 동리를 요란스럽게 했다. 또한 시집갈 때 혼숫감으로 놋요강, 놋대야와 함께 혼수 상위 목록에 올랐던 것이 이제는 모두 생활에서 사라지고 말았다. 의복 문화의 변천으로 언제부터인가 다듬잇돌은 우리 생활 주변에서 모습을 감추어 버리게 되었고 이제는 골동품 상점에서나 찾아볼 수 있게 되었다. 나는 다듬잇돌을 말끔히 씻어 보에 싸서 원래 있던 자리에 가져다 놓았다. 추억과 옛정이 묻어있는 이 다듬잇돌은 용도폐기 신세가 되었으나 우리 부부와 운명을 함께 할 것을 생각하니 만감이 교차된다.

인사

    우산을 받쳐 들고 남부도서관으로 가는데 갑자기 빗줄기가 굵어지더니 양동이로 퍼붓듯이 쏟아지기 시작한다. 우산을 들었는데도 옷이 흠뻑 젖기 시작했다. 하는 수 없이 눈앞에 보이는 대덕복지회관으로 비를 피해 들어갔다.

    아침 9시경이라 복지관은 조용했다. 무슨 일로 왔느냐고 물으면 소나기를 피해 들어왔다고 양해를 구하려 했는데 입구에서 직원으로 보이는 젊은 남자가 친절히 인사를 하지 않는가. 빗물을 흘리면서 들어가는 것도 미안한데 인사를 먼저 받고 보니 더 미안하다.

    비는 계속 내리고 무료하게 그냥 서 있기가 지루해서 3층까지 둘러봤다. 실내를 기웃거리며 걸어가는데 마주치는 사람마다 목례를 한다. 사무실은 깨끗이 정돈되어 말끔했다. 빗줄기가 조금 수그러지기에 현관을 나서는데 중년 부인 몇이 들어서면서 생면부지인데도 눈인사를 하는 것이었다.

복지회관을 나와 빗속을 걷는데 인사에 대한 생각이 자꾸 떠올랐다. 오래전부터 먼저 인사하기 캠페인을 벌이고, 차마다 표어를 붙이곤 했었는데 많이 좋아지기는 했으나 아직도 부족하다는 생각이다. 캠페인을 벌이고 표어를 붙이고 하는 것은 인사를 잘 하지 않기 때문일 것이다. 특히 영남사람, 그중에서도 대구사람이 무뚝뚝하고 인정미가 없다는 평을 듣는다. 나도 그중에 한 사람이라고 생각하니 부끄럽다.

나는 새벽 산길에서 만나는 사람이나, 엘리베이터를 함께 탈때는 남녀노소 불문하고 먼저 "안녕하세요?" 하고 인사한다. 특히 엘리베이터 안에서 아무 말 없이 우두커니 서 있기는 정말 답답하다. 꼭 원수진 사람처럼 불편하기 짝이 없다.

나는 특별한 일이 없으면 남부도서관에 나와 노인실에서 독서도 하고 인터넷과 워드도 하면서 자료실과 간행물실을 자주 오르내린다. 아침에 처음 만나는 직원에게는 먼저 인사를 하고, 복도에서 마주치는 직원에게도 가벼운 목례를 하고 있다.

그런데 외면하는 분에게는 따라다니며 인사를 할 수 없어 주저한다. 도서관에는 많은 사람들이 출입을 한다. 일일이 모르는 사람에게까지 인사를 할 수는 없지만 직원이나 자주 만나는 사람에게는 목례라도 하는 것이 예의다.

인사는 예의 근본이라 했다. 고도원은 아침편지에서 자기가 싫어하는 사람에게도 만날 때마다 미소로 인사를 하라고 한다. 과연 외면하고픈 사람에게까지 인사를 할 수 있을까? 말은 쉽지만 나 자신부터 지금까지 할 수가 없었다. 그러나 그 글을 읽고 난 후부터 외면하지 않고 목례를 하기로 작정했다. 웃는 낯에 침 못 뱉는다고 아무리 언짢은 사이라도 먼저 인사하는 데야 고개를 돌리겠는가.

오늘따라 남부도서관 입구에 세워져 있는 '먼저 인사합시다'라는 입간판의 표어가 강하게 시선을 끈다.

애완견 愛玩犬

집에서 애완용으로 기르고 있는 '마니'가 동물병원에서 입원 수술을 하고 퇴원을 했다. 견종은 포메라이안, 이름은 아이들이 '마니'라고 지어 부르고 있다.

'마니'가 우리 집에 온 지 3년 차가 된다. 그동안 병원에 통원 치료한 것은 여러 번이었고 입원 수술만도 세 번째다. 처음은 앞 왼발 찰과상으로, 두 번째는 왼쪽 무릎 탈골로, 세 번째는 오른쪽 뒷다리를 떨고 절어 치료받은 사실이 있는데다가 이번에는 오른쪽 슬개골 탈구로 1주일간 입원 수술을 했다. 동물은 의료보험 대상도 되지 않아 수의사가 부르는 것이 값인 것 같다. 어린애 하나 키우는 것보다 훨씬 많은 돈이 든다. 나와 집사람은 강아지를 별로 좋아하지 않는다. 냄새와 털로 인해 자주 목욕과 청소를 해야 하고 때맞춰 밥 주는 것도 귀찮아서이다. 그러나 손자 놈이 좋아한다고 제 애비가 사준 것을 반대할 수도 없고 해서 그럭저럭 보내다 보니 이제는 그의 재롱에 정이 흠뻑 들고 말았다. 손자가 강아지를 너무 좋아해서 이번이 세 마리째 사온 것이다. 첫 번째와 두 번째는 오줌똥을 가리지 않아 키우다가 남에게 주고 이번 '마니'는 오줌똥도 잘 가린다. 모양도 예쁘고 영리하다. 상처를 핥지 못하게 목에 덮개를 씌워 놓으니 갑갑해서 그런지 자꾸 설치며 짖는다. 시끄러워 짜증이 나기도 하지만 말 못하는 짐승이라 애처롭고 불쌍하기도 하다.

문득 강아지에 대한 오래된 기억이 떠오른다. 지금은 출가해서 1남 2녀를 두고 50대로 들어선 막내 딸애가 고등학교 시절 애완용 강아지를 친구로부터 얻어 와서 약 1년간 키운 적이 있었다. 스피츠 종류로 '해피'라고 이름지어 불렀다.

단독주택에서 살 때였다. 초여름인데 밥을 먹지 않아 동물병원에 안고 가서 진찰을 했더니 급성장염이라 했다. 주사를 맞히고 약을 지어 와서 먹이고 했으나 차도가 없었다. 약 1주일 간 매일 통원 치료를 했는데 상태가 점점 나빠졌다.

그날도 오전에 치료를 받고 왔는데 상태가 더 나빠져 다시 병원에 가서 주사를 맞히고, 데리고 와서 거실에 눕혔는데 벌떡 일어나더니 비틀거리며 열려져 있는 현관 문 밖으로 기어 나갔다.

계단으로 내려가며 몇 번이나 넘어지면서도 제집이 있는 지하실 문밖까지 가서는 그만 입에서 피를 토하고 피똥을 싸면서 쓰러졌다. 딸애가 뒤따라가서 보듬어 안고 병원에 가려고 했으나 이내 숨을 거두고 말았다.

나와 아내는 어쩔 줄을 몰라 당황했다. 그런데 거실에서 숨을 거두지 않고 단말마의 고통 속에서 비틀거리며 왜 지하실 문 앞까지 갔을까? 숨을 거두는 그 고통은 그 자리에 누워있어도 감당키 어려운데 어찌 그랬을까? 아내와 나는 애통해 하며 우는 딸애를 달래면서 마침 뜰에 피기 시작한 장미꽃 봉오리 가지를 꺾어 보에 쌌다. 그 속에 죽은 강아지를 넣고 비닐로 한 번 더 포장을 해서 상자에 담아 딸애는 안고 나와 아내는 야전삽을 들고 내가 매일 새벽 산책하는 앞산 큰골의 산책길을 따라 올라갔다. 그리고 양지바른 곳을 골라 묻고는 흰 종이에 "해피야 잘 가라! 부디 좋은 곳에 환생키를 손 모아 기도한다."라고 쓴 종이 위에 흙을 덮으며 슬피 우는 딸애를 달랜 기억이 아스라이 떠오른다.

그로 인해 애완동물은 키울 것이 못 된다는 것을 절실히 느꼈는데 이번에도 나의 뜻과는 다르게 또 인연이 되어 이런 수난을 받고 있다.

'해피'의 마지막 모습이 오늘따라 더욱 내 마음을 아리며 숙연해진다.

일기 日記

일기장 중 가장 오래 된 것은 집안의 풍파로 가운(家運)이 곤두박질치는 바람에 중학 진학을 못하고, 형님 밑에 농사일을 거들면서 멀리 절골(寺谷)과 모골(毛谷)까지 물거리 나무하러 다닐 때 쓴 일기장이다.

지금도 나는 어릴 때 생각이 나면 그 일기장을 꺼내 본다. 요사이는 그런 공책을 구하려 해도 구할 수 없는 볼품없는 조그마한 공책이다. 그 일기는 1952년 2월 5일부터 5월 27일까지 사이의 일들을 간간이 적어 놓았다. 종이가 귀할 때라 아래 위 여백 없이 앞뒤 표지에까지도 깨알 같은 펜글씨로 빽빽하게 적어 놓았다. 이 일기장을 볼 때마다 오늘날 손자 놈이 아무 부족함 없이 종이를 사용하며 물자를 아낄 줄 모르는 것을 보고 격세지감

(隔世之感)을 느끼곤 한다.

　그 후 군대에 가고 제대 후 직장 생활이 안정되면서 간간이 적어 놓은 것이 당시의 추억을 더듬게 한다. 공직에서 정년퇴직한 후 약품 회사와 건설 회사에 근무할 때는 그래도 써 보겠다고 마음을 먹고 애를 써 봤는데도 일기가 주기(週記)가 되고 주기가 월기(月記)가 되곤 했다. 1997년 5월말을 끝으로 은퇴노인(隱退老人)이 된 후부터는 새벽 산책과 일기는 나의 필수적인 일과로 작정하고 노력하나 그래도 빼 먹는 경우가 있다.

　일상적으로 되풀이되는 평범한 날도 특별히 쓸 내용이 없으면 신문 칼럼이나 사설(社說)이라도 마음에 드는 것을 오려 붙이기도 한다. 그래서 나의 일기장은 그날그날의 생활 기록에 불과하다. 옳은 일기문이 되려면 그날 하루 중 있었던 일 가운데 특별히 느낀 감상을 적어야 한다고 했는데, 나는 그렇지 못하다. 일기 하나를 쓰는데도 평소에 많은 책을 읽고 다양한 지식과 풍부한 상상력이 있어야 하겠다는 생각을 하게 된다. 그래서 도서관에 나가서 시, 수필, 소설 등 책을 읽어도 나이 탓인지 도무지 머리에 남는 것이 없다.

　2000년도부터는 남부도서관 수필문학 독서회에 가입하여 수필 수강과 글쓰기 연습을 지도받으면서 일기를 계속하고 있다. 은퇴 노인 생활의 무료함을 달래기 위해 수필 습작을 해보고 있으나 뜻대로 잘 되지 않아 일기만이라도 제대로 쓸 수 있을 때까지 해 보려고 한다. 설사 옳은 일기문이 되지 않더라도 사라져 가는 기억력을 되살리고, 하루의 일과를 반성하는 시간이 되며 지난날의 추억거리라도 될 수 있다면 좋겠다.

일기를 쓰다보면 수필 습작의 소재를 발견할 수도 있고 또한 글쓰기 연습도 할 수 있다. 내가 일기를 계속 쓰게 된 동기는 대문호 톨스토이는 열아홉 살 때부터 82세의 인생의 마지막 순간까지 63년 동안 일기를 계속 썼으며, 어디를 가든 항상 메모장과 연필을 지니고 다녔다는 것이다. 그의 작품은 일기가 원천이 되었다는 글을 읽고 깨달은 영향이 크다.

그리고 나는 선천적으로 소음체질로 내성적인 성격에다 후천적으로 어릴 때부터 불우한 환경 속에서 자랐다. 때문에 원래 말주변도 없는데다 숫기가 없어 남 앞에 나가 마음속에 품은 얘기를 하지 못했다. 이것이 원인이 되어 신경성 위장장애로 오랜 고생도 했다. 이와 같은 가슴 속 깊은 체증의 답답함을 일기 외는 아무데도 풀길이 없었다. 그래서 일기장에 털어놓고 호소하며 울부짖게 된 것이 일기를 계속 쓰게 된 가장 큰 동기라고 볼 수 있다.

일기는 누구에게도 호소할 수 없는 자신만의 고민을 호소할 수 있고 스트레스를 풀 수 있다. 추억의 비망록도 되고 메모장, 낙서장, 신문스크랩 장 역할도 해서 반성과 일정 관리의 지침이 되니 나에게는 일거육득(一擧六得)이 되는 셈이다.

나는 일기를 새벽 산책 전에 쓰고 있다. 어릴 때부터 일찍 자고 일찍 일어나는 습관이 몸에 밴 이유도 있지만 이제 노년이 되니 날이 새기 전에 잠이 깬다. 새벽 산책 시간은 너무 이르고 어중간한 이런한 시간을 이용한다. 은퇴(隱退) 후 새벽 산책과 일기는 나의 일상의 과정이 되어 버린 탓도 있다. 그럭저럭 다이어리 크기의 일기장 42권이 모였다.

혹시라도 없어지지 않고 먼 훗날 사연(事緣)의 시효가 없어졌을 때, 지금의 생활사에 관심이 있는 후손에게 고증(考證)이 될 수 있다면 하는 부질없는 백일몽(白日夢)에 오늘도 일기문(日記文)이 아닌 일기를 적어본다.

입향조 산소 이장기 入鄕祖山所移葬記

　지난 유월, 장마가 곧 시작한다는데 입향조님 산소 이장작업을 서둘러야 한다는 산천재 유사의 전화를 받고 고향으로 갔다.
　이장할 현장에 도착하자 터를 고르고 봉분 둘레석을 쌓고 있었다. 재실에도 일족들이 벌써 와 있었다. 묘 뒤편 석축 구축 여부 등 일정에 대한 토의를 하고 장마가 시작하기 전에 작업을 서둘러야 한다는데 의견을 모았다.

　이장 당일, 새벽 일찍 집을 나서는데 비가 왔다. 유사에게 전화를 걸어 비가 오는데 할 수 있겠느냐고 물었더니 비가 많이 오면 못 하겠지만 일단 작업은 하기로 했으니 나오라고 했다. 현장에 도착하니 7시 40분. 벌써 개묘(開墓) 작업을 시작하고 있었다.

먼저 할아버지 묘의 봉분(封墳) 흙을 포크레인으로 걷어내고 있었다. 깊이를 더하고 있는데 굴착기 날에 무엇인가 걸리는 소리가 났다. 흙을 걷어내고 포크레인으로 들어내어 보니 두께 한 자, 길이 열 자, 폭 다섯 자 가량의 석회 덩어리 덮개였다.

석회 덮개를 덜어내니 횟가루로 한 자 이상 다지고 그 안에 덧널(外棺)이 짜여 있었다. 그 덧널에 맞게 옻칠을 한 속널(內棺)은 썩지 않고 그대로였다. 속널 덮개를 여니 유골이 약간 상하기는 했으나 보존되어 있었고 유골 밑에 물이 고여 있었다.

오랜 가뭄으로 계곡에 물이 바짝 말랐는데도 이상했다. 칠성판에 백지를 깔고 유골을 수습하여 염습을 했다. 약 3시간쯤 지나자 속널 바닥의 물이 위로부터 맑아지고 있었다. 수맥을 따라 위에서 물이 새어 나와 아래로 스며드는 것이 아닌가 하는 생각이 들었다.

할아버지 유골을 수습한 다음 위쪽에 있는 할머니 봉분을 열었다. 같은 오좌(午坐)인데 바로 위가 아니고 할아버지 봉분이 오른쪽으로 비켜있었다. 전망불폐(前望不蔽)의 풍수설에 의함이라 했다. 할머니 묘 역시 할아버지 묘 매장 방식과 같이 외곽은 횟가루로 다지고, 그 안에 외관과 내관의 목곽으로 밀폐되어 있었다.

6척 내관에 꽉 찰 정도로 뼈대가 길고 두골이 동그스름하게 이까지 원형 그대로였다. 할머니가 1556년(丙辰) 생으로 할아버지(1557년 丁巳생)보다 한 살 위였고 1612년(庚申)까지 57세를 향수하셨으니, 할아버지(1627년 丁卯졸 71세 향수)보다 15년 앞서 돌아가신 것으로 족보에 기재되어 있었다. 할머니 묘는 393년이 되고 할아버지 묘는 378년이 되는 셈이다. 위와 같이 400년 가까운 오랜 세월에도 유골이 보존되어 있는 것은 석회와 목곽으로 밀폐되어 산화를 막았기 때문이라는 생각이 들었다.

새벽부터 빗방울이 뿌리던 하늘에는 구름만 잔뜩 끼어있고 비가 곧 쏟아질 것 같으면서도 용케 참아 주었다. 구름이 뜨거운 햇살을 가려주고 가끔 뿌리는 빗방울로 먼지를 잠재우니 이장 작업을 하기에는 오히려 좋은 날씨였다.

하늘도 할아버지의 음덕을 아는가 보다. 수골(收骨) 염습(殮襲)한 칠성판에 노자를 꽂아드리고 새로 잡아놓은 이장터인 중원 오좌로 옮겼다. 하관 재배를 올리고 12지(支) 돌무늬로 양각(陽刻)된 둘레석을 음양설에 따라 할아버지 봉분 정면에는 용(龍-辰)을, 할머니 봉분 정면에는 돈(豚-亥)을 설치했다. 멀리 팔공산 영봉을 바라보고 바로 아래로는 새로 개발 조성된 주택단지를 한눈에 바라볼 수 있는 명당에 할머니 산소를 부좌로 모셨다.

내가 어릴 때 집안 어른에게 들은 기억에 의하면 후산의 산형(山形)이 인형(人形)으로 처음 할머니 산소를 모실 때 배꼽 부위와 낭심(郎心) 부위가 거론되었다고 한다. 지관(地官)이 말하기를 배꼽 부위에 쓰면 부자가 많이 나고 낭심 부위에 쓰면 자손이 많이 난다고 해서, 자손이 많이 나면 따라서 부자도 많이 나지 않겠나 하면서 낭심(郎心) 부위에 쓰게 되었다고 했다.

400여 년을 내려오면서 큰 부자는 나지 않았으나 약 500여 가구에 2천여 명의 후손이 났으니 헛말이 아닌 것 같기도 하다. 이제 이만큼 자손이 번성하여 부자가 많이 난다는 명당(明堂)에 옮겼으니 그 풍수설과 같이 번영하리라 믿는다.

이곳에 피란처로 터를 잡을 때는 비산(非山) 비하(非河)로 농촌으로서는 척박해서 부적했으나 오늘날 그 개발 보상으로 후손들이 윤택해졌고, 종재(宗財)로 큰돈까지 마련할 수 있게 되었으니 재삼 입향조님의 선견지명(先見之明)과 음덕에 감사한다.

죽음

얼마 전 이종 처남의 임종을 지켜봤다.

나는 많은 죽음을 목격했다. 공직 재직 시 의무실 근무를 하면서 일반 자연사를 비롯하여 변사자의 사체 부검에도 입회 보조하면서 다양한 죽음의 현장을 경험했다. 최근에 이종 처남이 임종하였고, 삼종질이 이를 뽑은 후 화농균이 혈관으로 들어가 패혈증을 합병, 급사하였다. 또 연전에는 신바람 전도사 황수관 박사가 폐렴 농양균이 혈관으로 침입해 역시 패혈증으로 사망했다는 보도에 충격을 받았다.

삼종질은 죽기 불과 한 달 전에 만난 적이 있고 황수관 박사도 사망 한 달 전 11월 말에 TV에 나와서 신바람 웃음치료를 강연한 장면이 눈에 역력하다. 그분의 마지막 강연 시 백판에 인명재천(人命在天)과 인명재인(人命在人)을 써놓고, 인명은 재천이 아니고 재인이라. 즉 사람의 명은 하늘에 있는 것이 아니고 사람 즉 건강관리에 있다고 했다. 그러니 많이 웃고 긍정적인 생활을 하면 장수할 수 있다는 결론을 내렸다. 그와 같이 장담한 쾌활하고 건강한 분이 저렇게 어이없이 가다니 인명은 재인(在人)이 아니라 재천(在天)이라 해야 할까? 저승에도 황 박사 같은 훌륭한 분이 필요로 해서인가? 아직도 이승에서 더 많은 일을 해야 하는데 염라대왕이 원망스러웠다. 쭉정이 나락이 파장 차지한다더니 똑똑하고 훌륭한 사람을 먼저 데려가니 하늘도 야속했다.

이 많은 죽음 가운데 내가 일곱 살 때의 할아버지의 임종과 최근 처이종 처남의 임종이 유독 대조적이어서 여러 가지 생각을 하게 한다.

할아버지는 유복자로 태어나 슬하에 3남1녀에 10여 명의 손자손녀를 두고 82세까지 장수하시다가 모든 자녀들이 지켜보는 가운데 아버지의 품에 안겨 자는 듯이 고운 모습으로 돌아가셨다. 그때 내 나이 일곱 살이었다.

나는 어렸지만 할아버지의 돌아가시는 모습이 아름답고 엄숙해 보였다. 반면에 이종 처남은 산소 호흡기를 부착하여 인공호흡으로 연명을 하던 중 단말마의 고통으로 신음하면서 78세의 나이로 숨을 거두는 고통스러운 장면을 보게 되어 할아버지의 임종과 너무 대조적이었다.

사람은 누구나 죽음을 피할 수 없다. 사람 뿐 아니라 모든 생명체는 생자필멸의 섭리를 벗어날 수 없다.

만약 죽음이 없다고 가정해 보자. 나기만 하고 죽음이 없다면 이 세상은 어떻게 될 것인가? 인구 폭발로 멸망하게 될 것이다. 하루에 30만 명 정도가 태어나고 그만큼 죽어 누구든 언제나 죽게 된다는 것이다. 생사를 주관하는 조물주의 신비에 경외감을 금할 수 없다. 두려울 수도 있고 생각조차하기 싫을 수도 있지만 죽음이 현실인 것을 부정할 수 없다면 긍정적으로 받아들여야 할 것이다. 죽음은 나와 상관없다고, 먼 미래의 일이니까 지금은 괜찮다고 생각하는지.

훌륭하게 산다는 것이 참으로 중요하지만 한편으로 훌륭하게 죽는다는 것도 그에 못지않게 중대하다고 했다. 근간 주위의 가까운 친지들의 죽음을 접할 때마다 망구의 나이에 회한의 뒤안길을 되돌아보면서 '돌아갈 채비'에 대한 글을 되뇌며 죽음에 대한 상념에 젖는다.

"우물쭈물하다가 내 이럴 줄 알았다"라는 명언을 남긴 작가 조지 버나드쇼와 "산은 산이요 물은 물이로다"의 성철 스님, "아름다운 이 세상 소풍 끝내는 날 가서 아름다웠더라고 말하리라"의 천상병 시인은 죽음을 달관했다.

톨스토이는 죽음을 망각한 생활과 죽음이 시시각각으로 다가옴을 의식한 생활과는 두 개의 완전히 다른 상태라고 했다. 전자는 동물의 상태에 가깝고 후자는 신의 상태에 가깝다고 했다.

나는 신에 가까워 보겠다는 속된 푸념인가. 동물도 아니고 신도 아닌 사람임을.

오늘따라 우리 수필문학회 회원이었던 B님의 부음을 듣고 죽음에 대한 부질없는 상념을 늘어놓는다.

늦가을 찬비에 곱게 물든 단풍잎이 미련 없이 떨어진다.

하늘나라에 계시는 형수님께

형수님이 떠나신 지 어언 두 해가 다가왔습니다. 얼마 전 눈 수술을 하고 답답해서 라디오를 꺼내어 녹음테이프를 찾다가 1992년 10월 3일 형수님 일흔 두 번째 생신 축하 녹음이라 적혀 있는 테이프가 눈에 띄어 녹음기에 꽂고 들었습니다. 부산 이 서방 집에서 축하연을 했을 때인데 영호 목소리로 시작해서 오 서방과 신 서방의 노래가 나오고, 나의 〈선구자〉, 〈사랑은 얄미운 나비인가 봐〉가 흘러 나왔습니다.

나의 노래를 받아 형수님이 권주가를 불렀지요. 자작(自作)곡으로 "하나밖에 없는 시동생, 시집올 때 일곱 살, 몽당 바지 차림, 어린이였는데 무정한 세월은 어느덧 백발을 재촉하네."라는 가사에 눈시울이 뜨거워졌습니다.

저보다 열 살 위로, 열일곱에 시집와서 딸 넷을 낳고 늦게 아들을 얻어 애지중지 하였으나 설사병에 걸려 끝내 잃고 말았지요.

　낮에 두 번이나 경산 정의원에 갔다 와서는 조금 낫는 듯 하더니 밤에 갑자기 나빠져 형님은 업고 형수님과 나는 등불을 들고 따랐지요. 덕고개를 넘어 장고등 모롱이를 도는데 다리가 축 늘어져 밤길에 뛰지는 못하고 헐레벌떡 달려갔지요. 병원에 도착하니 이미 숨진 상태라 진찰도 하지 않고 돌아가라고 해서 또 다른 의원을 찾아갔지요. 한 번만이라도 청진기를 대 달라고 애걸했으나 마찬가지로 냉대를 받았지요. 의술은 인술(仁術)이라 했는데 나는 아직도 그 의사들의 매정한 인상을 잊을 수 없습니다.

　숨져 축 늘어진 것을 업고 덕고개를 넘어오면서 통곡하는 형수님을 위로 할 바를 너무 어려서 몰랐습니다. 그때 문득 나오는 말이 "아지매, 내가 아들 몫까지 하겠으니 너무 슬퍼하지 마이소."라고 제가 했던 말을 기억하십니까?

　그해는 날씨마저 어찌 그리 가물었던지, 하지가 지나고 초복이 가까워도 비는 내리지 않았지요. 그래도 초복 심기를 해도 대파(代播)하는 것보다 낫다면서 백가래로 하얗게 말라 터진 들판을 바라보던 까맣게 탄 주름진 마을 사람들의 얼굴이 떠오릅니다. 실의에 빠진 형수님을 위로하며 하늘을 원망하기도 했었지요.

영호가 나던 그 해 11월, 징집으로 군에 입대하면서 사선을 넘나드는 전투 중 지하 벙커 속에서도 편지에 빠짐없이 영호는 잘 자라느냐고 물었습니다. 그리고 농사철을 골라 휴가를 나와 가을걷이를 거들고, 제대 후 직장 생활 할 때도 꼬박꼬박 월급봉투를 형님에게 드리고 농사지으라고 농우도 사드렸습니다. 논산훈련소 전반기 신병 교육을 마치고 형님이 면회를 오셨을 때는 입대할 때 거두어 준 돈을 죽을 정도로 배가 고프지 않으면 쓰지 않겠다고 고구마 세 개를 사 먹고 나머지 돈은 그대로 있었습니다. 그래서 가지고 오신 돈을 안 받았으니 제가 생각해도 지독했습니다.

아들 노릇 하기로 말한 약속을 지키기 위해서였는지, 아니면 너무나 고지식해서였는지. 그러나 장가를 들고 난 후 나도 살림을 살게 되니 사정이 달라졌습니다. 박봉에 아이들 키우고 살자니 형님과 형수님께서 서운한 일들도 많았을 것입니다. 그때 아들 몫까지 하겠다던 말은 지금 생각하니 빈말이 되고 말았습니다.

8남매를 낳아 둘을 잃고 6남매를 키우면서 동서남북 흩어진 농사일에 점심밥이나 참 광주리 이고 들판을 오르내리기 얼마이며, 보리방아 찧기, 길쌈하기 그 고충 누가 알겠습니까.

그러나 형수님, 광호를 잃은 후 연달아 삼남매를 더 낳아 영호는 벌써 50대 중반이 되어 대학 정교수가 되었고 성호는 법무사로, 막내 미경이는 교직에 몸담고 있으니 그 때의 그 슬픔과 고통의 한을 풀었으리라 믿습니다.

신앙에 귀의하여 구십을 바라보는 천수(天壽)를 다 하시고 가셨으니 이제 여한(餘恨)이 있겠습니까.

형수님, 할 말 다하자니 끝이 없습니다. 형수님이 돌아가신 지 2년, 고향 마을의 달불 만등도, 덕고개 성황당도 어디쯤인지 모르게 되었습니다. 주택단지 조성으로 산등을 밀어 골을 메우는 정지 작업이 한창입니다. 분두골과 밤마실 개울도 메워지고 내가 자란 큰집 터마저 어디쯤인지 찾을 수 없게 되었습니다.

집안에 상 어른이신 원호 어른이 지난 6월 7일 돌아가셨습니다. 형님과 동갑이시지요. 앞서거니 뒤서거니 하나 둘 떠나가고 후산파에서는 바깥 나이로 제가 성큼 앞줄에 서게 되었습니다. 며칠 전 손자 영민이가 첫 휴가를 나와 "충성"하면서 경례를 부치는 늠름한 모습을 쳐다보며 춘원의 소설 불로초를 연상했습니다. 인생은 유한하나 인류는 영원무궁하리니, 판도라 상자를 가슴에 품고 소천의 그날까지 순리에 따라 살다가 미련 없이 돌아가겠습니다.

형수님 이 글이 잘 보이십니까? 가실 때 돋보기 잊어버리고 가

셨지요. 영혼세계에 돋보기가 무슨 소용 있겠습니까. 이제 형님
도 짜증내지 않으시지요. 하늘나라에 짜증낼 일이 있겠습니까.
슬픔도 괴로움도 없는 영원한 하늘나라에서 형님과 정답게 지내
면서 저희들이 참되게 살아 갈 수 있게 보살펴 주옵소서.

3부
살구꽃

용산 기슭에 있는 반룡사(盤龍寺)를
돌아오면서 마을 앞 우물가를 지나
게 되었다. 마침 앳된 단발머리 소녀
가 물을 긷고 있었다. 눈이 마주치게
되었는데 한눈에 나의 시선을 앗아
버렸다. 산골 소녀답지 않게 얼굴이
희고 눈썹이 진했으며 커다란 눈이
서글서글했다. 우물가에는 살구꽃
이 만발하여 그의 얼굴이 더욱 환해
보였다.

천하절승 가야산

　영하로 내려간다는 일기예보에 등산복에 내의를 두껍게 입고 집을 나섰다. 그러나 예보와는 달리 바람 한 점 없이 맑게 갠 파란 하늘에는 흰 구름이 간간이 떠 있고 비교적 포근한 날씨였다.

　수필 강좌에서 야외 교습 겸 단풍놀이를 하기로 하고 가야산 국립공원으로 가기로 했다. 약속 시간보다 미리 남부도서관에 도착하여 노인실에서 인터넷으로 메일을 열어보고 있는데 회원들이 도착해 목적지인 가야산을 향해 출발했다.

　시내를 빠져나가 다사를 거쳐 성주 수륜면 백운동 쪽으로 목적지를 잡았다. 비교적 차가 적게 다니고 한적해서 드라이브 코스로 적격이었다. 도로 주변의 들판에는 늦은 가을걷이를 서둘고 있었고 황금빛으로 물든 가로수 은행나무 잎이 눈을 부시게 했다.

차창 밖 멀리 서쪽 산봉우리 위로 파란 하늘에 스무사흘 하얀 낮달이 비스듬히 걸려있다. 동시 〈낮달〉을 연상하며 동심에 들 뜨기도 했다. 오랜만에 신선한 야외 바람을 쏘이며 차창 밖으로 변해 가는 늦가을 풍경에 일상에서 쌓였던 시름을 떨쳐버리고 나니 한결 마음이 가벼워졌다.

목적지인 가야산 국립공원에 도착하여 산길을 오르기 시작했다. 입구 안내판에 서성재 - 칠불봉 - 상왕봉(1,430m) 정상까지 4.3km이며 왕복 소요시간이 4시간 40분이 걸린다고 적혀 있었다. 가야산은 일명 우두산(牛頭山)이라고 불리는 상왕봉을 중심으로 행정구역상 경남 합천군과 거창군, 경북 성주군 사이에 위치한 면적 80,163㎢의 산으로서 1972년 10월 13일 우리나라에서는 9번째로 국립공원으로 지정되었다. 해인사를 비롯하여 마애불입상, 용문폭포, 홍류동 계곡 등의 뛰어난 명승고적과 자연경관을 품고 있다. 소백산맥의 한 지맥으로 해인사에는 유명한 팔만대장경이 국보로 소장되어 있고, 산형(山形)은 천하의 절승으로 오대산, 소백산과 더불어 왜적의 전화를 입지 않은 곳으로서 삼재(화재, 수재, 풍재)를 피한 명승지라고 한다.

우리가 선택한 등산로는 백운동 용기골이었다. 화장실과 휴게실, 취사장 등 공원 시설이 깨끗하고 규모 있게 설치되어 있었고 등산로는 돌로 바닥을 깔고 계단을 만들어 이색적이었다.

수정 같은 맑은 물이 바위틈으로 흘러내리고 참갈나무, 신갈나무, 병꽃나무, 생강나무, 때죽나무, 박달나무, 노각나무, 개옻나무, 단풍나무 등이 각양각색의 모습으로 단풍에 물들어 아름다운 자태를 뽐내고 있었다. 특히 팥알 크기의 대팻집나무의 빨간 열매가 잎이 진 나뭇가지에 촘촘히 달려 있는 모양은 너무나 예뻐서 카메라의 초점이 되기도 했다. 푸른 솔과 흰 바위 사이에 점점이 붉게 물든 단풍은 한 폭의 그림 같았다.

산길을 오르는데 앞서 두 여인이 걷고 있었다. 50대로 보이는 부인이 젊은 여인의 손을 잡고 험한 돌계단을 절룩거리며 힘겹게 올라가고 있었다. 원인은 모르겠으나 하지 기능장애가 온 것 같았다. 평지보행도 어려울 것인데 기능 회복을 위해 산길을 오르며 하는 강한 집념에 감탄했다.

제1백운교와 제2백운교를 지나 주변 경관에 도취되어 올라가는데 일행 중 한 분이 오후 2시에 강의 시간이 정해져 있다면서 돌아가야 한다고 걱정을 했다. 그러고 보니 나도 오후 2시 반에 도노회 정기 월례 발표회가 있어 그 시간에 돌아가기로 했었는데 깜박 잊고 있었다. 그런데다 일행 중 두 분이 힘들어서 더 올라올 수 없다는 전갈이다. 욕심 같아서는 정상까지는 못 가더라도 서성재까지 만이라도 더 올라가고 싶었으나 하는 수 없이 되돌아 설 수밖에 없었다.

다시 주차장으로 돌아와 20여 명의 젊은 남녀가 한 사람은 눈을 가리고 한 사람은 눈 가린 사람을 잡고 좁은 오솔길을 걸어가고 있었다. 시력 장애자의 고통을 체험하는 고행(苦行)연습이라 했다. 시력 장애자의 고통을 몸소 체험하고 그들의 고통을 나누어 가지면서 그들을 위한 봉사에 이바지하는 뜻을 기르는 훈련이었다.

불편한 몸으로 산길을 오르던 여인과 시력 장애자의 고통을 체험하는 젊은이들을 보면서 마음대로 걷고 밝은 눈으로 아름다운 경치를 구경 할 수 있는 나 자신이 한없이 행복하다는 것을 깨달았다.

짧은 시간이었으나 자연의 아름다움과 조화로움을 만끽하면서 즐겁게 보낸 하루였다.

별유산사 고견사 別有山寺 古見寺

　남부도서관 수필 강좌 제3기 수강을 마치고 그동안 논의해 왔던 수필문학 독서회 창립총회를 열었다. 신임 이병훈 회장의 후의로 도서관 식당에서 점심을 함께 나눈 후 노인실에서 차를 마시면서 상기된 기분에 산행 얘기가 나와 즉석 합의로 거창 고견사 의상봉 탐방 산행을 결의했다. 매일 새벽 빠짐없이 올라가던 산행을 가지 않고 아내가 싸주는 김밥과 간식을 넣은 배낭을 메고 집을 나섰다. 하늘에는 구름이 잔뜩 끼어 오후 늦게 비가 내린다는 예보에 우산까지 준비했다.

　화원을 벗어나서 88올림픽 고속도로로 진입하여 거창 휴게소에서 잠깐 쉬면서 차(茶)를 나누었다. 거창 IC에서 우측 가조면(加祚面)으로 꺾어 들어가 고견사 들머리 주차장에 도착하니

11:30분이었다. 대구에서 출발한 지 1시간 30분이 걸린 셈이다.

각자 배낭을 메고 산길을 올라갔다. 약 15분 올라가니 별유산사 천성문(別有山寺 天城門)이란 간판이 보이고 고견사(古見寺) 앞에는 보호수로 지정된 은행나무가 하늘을 찌를 듯이 솟아 있었다. 수령이 700년으로 나무의 높이가 28m, 둘레가 610cm로 최치원 선생(857~930)이 심었다는 설이 있는데 수령이 700년과는 맞지 않는 것 같다.

고견사는 신라 문무왕 7년(667)에 의상대사(625~702)가 참선 중 땅을 파다가 밥그릇을 발견했는데 전생에 자신이 사용한 것임을 알게 되어 그 자리에 절을 세워 고견사라 이름 지었다 한다. 윤회설을 연상케 했다. 1,300여 년이 지난 고찰로서 규모는 작으나 심산유곡에 주위 경관이 수려하고 아담했다.

대웅전 뒤에는 우뚝 솟은 아름다운 봉우리가 절을 감싸 안고 있었다. 의상대사가 참선했던 곳이라 해서 의상봉이라 이름 지었다는 것이다. 대웅전을 한 바퀴 돌아보고 의상봉을 향해 산행을 시작했다.

아름이 넘는 전나무와 소나무가 하늘을 가리며 뻗어 있고 소나무에는 송진을 빼낸 흔적이 아직도 남아 있었다. 일제 착취의 아픈 상처를 말 못하는 저 소나무까지 입고 오늘까지 간직하고 있음을 보고 역사적인 비극을 되돌아보게 했다. 금방이라도 빗방울이 떨어질 것만 같고 날씨가 포근하여 이마에 땀이 배었다. 발효된 나뭇잎의 구수한 냄새가 콧속을 부드럽게 했다.

　의상봉 밑을 휘돌아 남쪽에서부터 철계단을 밟고 의상봉 꼭대기를 향해 올라갔다. 양쪽 철 손잡이를 잡고 한 발짝씩 디디고 올라가는데 반쯤 올라가서 아래를 내려다보니 발이 저리고 겁이 나기 시작했다. 이왕 올라온 것 용기를 내어 위만 보고 올라갔다. 모두 212 계단이었다. 정상에 올라 바위틈에 조심스레 앉아 아래를 내려다보니 아찔했다. '내가 어찌 여기까지 올라 왔느냐?'는 생각이 들었다.

　멀리 동쪽으로 가야산, 서쪽으로 덕유산, 남쪽으로 지리산이 보이고 가깝게 북쪽으로 장군봉(2.7km), 남쪽으로는 비계산과 미녀봉 등 빼어난 산세에 둘러싸여 우뚝 솟은 의상봉은 가히 천하 명봉(名峯)이라 자랑할 만했다.

　갈가마귀 떼가 무리를 지어 의상봉 위를 빙빙 돌고 있다. 장군봉이 우람한 자태로 맞은편 미녀봉(美女峰)을 손짓한다. 내년 가을 단풍철에 꼭 한 번 더 와야겠다고 마음먹으면서 이백과 두보가 아니라도 시 한 수가 나올 법한 가경(佳境)인데 시상(詩想)은 가득하나 나타낼 재주 없음이 답답했다.

　빗방울이 간간이 떨어지자 서둘러 하산을 시작했다. 급경사인 내리막길을 미끄러지듯 내려갔다.

빗방울이 솔잎을 스쳐 낙엽에 떨어지는 소리가 사각사각 하면서 귓전에 들려왔다. 산중우성(山中雨聲)이라할까? 자연의 소리 그대로였다. 산 속 깊이 대자연의 품속에 묻혀 그의 신비에 빠져들어 티끌세상의 번뇌로부터 잠시나마 벗어날 수 있는 이 순간이 더 없이 행복하다.

이것은 산에서만 맛볼 수 있는 즐거움이 아니겠는가.

초록의 비단물결 금수산

　충청북도 제천시와 단양군의 경계를 이루는 금수산이 산 이름에 걸맞게 온 산이 바위산으로 이뤄져 있고 충주호가 시원스럽게 펼쳐져 있어 조망이 일품이라는 말을 듣고 길을 나섰다. 금수산이라는 이름도 퇴계 선생이 비단에 수를 놓은 듯이 경치가 아름다워 백악산을 고쳐 불렀다고 하니 더 가보고 싶었다.

　의성을 거쳐 안동을 지날 무렵부터 구름이 짙어지고 곧 비가 쏟아질 듯 하늘이 컴컴해졌다. 비가 오면 산행을 할 수 없을 것 같아 걱정했으나 다행히 남한강 강변도로를 따라 상천리 정류소에 도착하니 잔뜩 찌푸렸던 날씨가 개이기 시작했다

　금수산은 해발 1,016m로서 경사가 가파르고 비 온 뒤라 길이

질고 미끄러웠다. 나무를 잡고 바위를 짚으며 줄을 붙들고 기듯이 올라갔다. 이정표 팻말에 정상까지 편도 3.6km라고 되어 있었다. 정상까지 오르는데 2시간 30분이 걸렸다.

정상 표지석을 중심으로 해서 기념촬영을 하고 각자 싸가지고 온 도시락으로 점심을 먹으니 말 그대로 꿀맛이었다. 정상에서 바라보는 주위 풍경은 초록의 비단 물결이었다. 그래서 산명을 금수산(錦繡山)이라 지은 모양이다.

내려오는 길도 올라갈 때처럼 질고 미끄러워 줄을 잡고 내려오는데도 힘이 들었다. 중간쯤 내려와 계곡의 물가에서 땀을 씻으며 간식을 나누어 먹는 맛 또한 별미였다. 구름이 걷히고 푸른 하늘에서 내려 비치는 햇살이 녹음 사이로 눈을 부시게 했다. 옥을 부수듯 흘러내리는 맑은 물소리를 카메라에 담지 못함이 아쉬웠다. 대신 김삿갓 시인의 시 한 편을 떠올렸다.

若使畵工描此景에 其於林下鳥啼何오.
화공으로 하여금 그림을 그린다 해도
그 나무 밑 새 울음소리를 어찌 할고.

금수산 소공원에는 남근바위가 있다. 세운 이유를 알아보니 금수산 전체의 형상이 알몸의 여인이 누워 있는 상으로 이곳이 (소공원) 여자의 은밀한 그곳(?)이 자리한 곳이란다. 옛날 이곳

당골 마을 남정네들이 해마다 이유 없이 몇 명씩 죽어 나갔단다. 무당을 불러 그 연유를 물어보니 이곳 금수산의 여신이 남자를 그리워한 끝에 이 마을 남자들을 해치운다는 것이었다. 그래서 여궁 바위와 남근석을 세워 재앙을 막았다는 믿거나 말거나 한 전설이 있는 곳이다.

맑은 물을 제공하는 샘터들이 많은 것도 '은밀한 곳을 뜻하는 곳'이라고도 하는데 그리고 보니 비온 뒤 탓도 있지만 오늘 산행 시 산길이 질고 미끄러워 이곳 지형이 아주 습하다는 것을 느꼈다.

하산 후 상천리에서 지나온 길을 돌아보니 산자락이 병풍처럼 둘러쳐져 있다.

마을과 산 들머리 주변에는 진녹색 산수유나무가 울창했다. 산수유 마을이라는 돌비석이 서 있는 평온한 마을의 정경을 동영상으로 담았다. 내년 3월 말경 산수유가 만발할 때 다시 찾기로 다짐하면서 돌아오는 버스에 올랐다.

안갯속의 민둥산

교우산악회에서 강원도 정선군에 있는 민둥산으로 산행을 떠났다.

중앙고속도로를 이용해 군위와 제천, 정선을 거쳐 민둥산 들머리 증산에 도착하니 대구에서 4시간이 걸린다.

산에 도착하니 안개가 자욱이 끼어 이슬비가 뿌리기 시작했다. 산행을 시작해 중허리쯤 올라가는데 땅이 반은 얼고 반은 녹아 질퍽하고 미끄러웠다. 한참을 올라가는데 오토바이에 산불조심 깃발을 꽂은 산불 감시원이 내려왔다. 내가 먼저 말을 걸었다. 날씨가 이래서 산불 걱정은 안 해도 되겠다고 하면서, 정상까지 올라가는데 얼마 걸리겠느냐고 물었더니 자기가 정상까지 갔다가 내려오는 길인데 미끄럽고 질어서 안 가는 것이 좋을 것이라고 한다. 그래도 가는 데까지 가보자면서 걸음을 재촉했다. 7부 능선쯤 올라갔을 때부터 가파른 길이 질고 더 미끄러웠다. 등산화가 흙투성이가 되었다.

산불 감시원 말이 맞구나 느끼면서도 계속 올라가는데 힘이 들었다. 마지막 절정 코스에 통나무 계단이 설치되어 있어 미끄럼을 막아주니 한결 편했다. 한 계단씩 세며 올라갔더니 모두 314 계단의 끝에 드디어 정상이다.

이름 그대로 나무가 없는 민둥산이다. 바람이 세차게 불고 안개가 잔뜩 끼어 주위 전망은 운무에 가려 캄캄했으며 한 치 앞을 볼 수 없을 정도였다. 땅도 질고 바람이 세차게 불어 주위 전망은 볼 수 없어 1,119m라고 새겨진 정상 표지석을 배경으로 기념 촬영만 하고 바로 하산을 시작했다.

하산은 올라온 길이 아니라 '증산 초교 하산로 2.7km'라는 팻말을 따라 반대쪽을 택했다. 갈대밭을 거쳐 '완경사(緩境斜) 등산로 2.3km'란 이정표를 뒤로 하고 한참 동안 진흙길에 미끄러지며 내려오면서 후회를 했다. 그러나 되돌아갈 수도 없어 계속 내려왔더니 가파른 경사길이 끝나고 땅도 질지 않은 평탄한 길이 나왔다.

낙엽송 노란 잎이 길에 깔려 마치 황금 융단 위를 걷는 기분이었다. 참갈 나뭇잎과 솔잎이 깔린 완만한 내리막길이 이어져 올라갔던 길에 비해 아주 수월했다.

시장기가 돌아 시계를 보니 오후 2시 30분이었다. 길 옆 낙엽이 쌓인 바위틈에 자리를 잡고 각자 가지고 간 도시락으로 딸기술을 반주삼아 맛있게 점심을 먹고 서둘러 내려왔다. 민둥산 들머리 산불 계곡물에 흙투성이가 된 신을 씻고 사진을 찍으면서 처음 오르기 시작한 쪽의 일행이 버스를 타고 내려오기를 기다렸다.

산불 감시원이 미끄럽고 질다며 만류했지만 정상까지 정복을 했고, 운무로 전망 구경은 못했지만 미끄러지면서도 넘어지지 않고 내려온 스릴감, 그리고 낙오되지 않고 완행(完行)한 성취감에 흐뭇하고 즐거운 산행이었다.

하늘을 떠받드는 기둥 천주산

　3박 4일 일정으로 중국 안휘성 천주산 트레킹과 천주대협곡 및 금공작온천(金孔雀溫泉) 체험을 다녀왔다.

　아침에 동대구 한진 고속 터미널을 출발, 4시간 30분이 걸려 인천공항에 도착했다.

　인천 공항에서 비행기를 타고 중국 안휘성 합비(合肥) 공항에 착륙하니 현지 시간으로 오후 5시 반이었다. 우리나라보다 1시간이 늦었다. 시곗바늘을 돌리고 입국 검사를 거쳐 조를 나누어 대기하고 있는 버스에 분승, 천주산 호텔로 달렸다. 산 밑 오지에 위치한 호텔로서는 비교적 깨끗했다.

　안휘성은 인구 약 5,986만 명이며 쌀과 보리의 이모작이 가능하며, 인구의 90%가 농업에 종사한다고 한다.

도로변의 진녹색의 양 버들 물결이 눈의 피로를 풀어주었다. 천주산 호텔에 도착하니 저녁 8시가 지나고 있었다. 준비된 홀에서 원탁의 식탁에 둘러 앉아 천주산 관리국 대표의 환영사에 일동 축배를 올리고, 각종 술과 푸짐한 중국 요리로 포식을 했다.

　이튿날 아침 호텔식으로 조식을 마친 후 버스에 올라 천주산에 도착, 2인용 리프트를 타고 약 10분간 오르면서 깊은 계곡과 산경을 즐겼다. 리프트에서 내려 약 10분간 걸어올라 다시 삭도(Rope Way)로 갈아타고 약 20분을 올라갔다. 삭도에서 내려 본격적인 산행이 시작되었다.

　북천주산 코스로 약 90분간 상비석(象鼻石), 완공신상(晥公神像), 신비곡(神秘谷), 천주송(天柱松)에서 비래봉(飛來峰)을 조망하고 도선교(渡仙橋)에 올라 운해(雲海) 속에 묻히기도 했다.

　천주산은 기원전 106년 한무제(漢武帝)가 남악(南嶽)으로 명명한 해발 1,488m의 주봉인 천주봉을 위시 비래봉, 봉래봉, 화봉, 영빈봉 등 기암괴석의 암벽으로 형성된 8개의 봉우리가 하늘을 떠받들고 있는 기둥과 같다 해서 천주산(天柱山)으로 이름 지어졌다고 한다.

　배악대(拜岳臺), 앵가석(鸚哥石)을 거처 컴컴한 동굴을 지나 아슬아슬한 암벽을 타고 천주봉 정상에 올라 보니 세차게 불어오는 바람을 타고 밀려드는 운무에 가려 아무것도 보이지 않았다. 한참 바위에 걸터앉아 지친 다리의 피로를 풀고 서천주산 쪽으로 이동하여 천주산장으로 내려왔다.

점심 후 영진봉으로 올라가는 코스를 따라 회음대(回音臺), 동관헌(東關寒), 천장애(千仗崖), 대천문(大天門), 천사봉(天獅峯) 고개를 넘어 기곡천재(奇谷天梯), 고목양하(古牧羊河)를 탐험하면서 동대문으로 하산, 대기 중인 버스에 올라 시계를 보니 오후 5시였다. 후발대가 내려올 때까지 기다렸다가 오후 6시경 출발하여 호텔에 도착하니 어둠살이 끼기 시작했다.

3일째는 아침에 창문을 여니 바람이 불고 비가 내리고 있었다. 아침을 먹고 천주대곡으로 이동해 우의를 입고 계곡을 따라 올라갔다. 일요일이라 그런지 우중에도 관람객이 장사진을 이루어 좁은 산길에 비켜 나가기가 어려울 정도로 번잡했다. 통천폭포(通天瀑布)에 이르러 쏟아지는 폭포수의 장관을 뒤로 산길을 따라 올라갔다.

길 주변에 군락을 이룬 왕대밭에 죽순이 보이기에 탐이 나서 한 개를 채취했다. 그때 노변에서 음료수를 파는 소녀가 보고는 무어라 종알거리며 콜라병을 내놓는 것을 달러도 위안화도 준비하지 않아 팔아주지 못했더니 제집인 듯한 토굴로 된 집 근처까지 따라와 온 가족을 동원하여 달려들었다.

본사에서 온 직원이 말하기를 신고하면 100달러의 벌금을 해야 한다기에 동행한 B님이 50위안(한화 14,000원)을 주고 수습을 했다. 올라가다보니 죽순을 여러 개 놓고 파는데 한 개 5원이라 했다. 우리 돈으로 1,000원인데 10배 이상의 돈을 물고 창피까지 당했으니 왕 초보의 망신을 톡톡히 당한 셈이다.

산상 계곡 동원호에 빗방울이 포말을 이루며 산 그림자를 품고 옥색 색깔에 젖어 있었다. 약 2시간 산길을 걸어 삼조사(三祖寺)에 도착했다. 깎아지른 절벽에 3단계로 아래로부터 달마조사, 혜가조사, 승찬조사의 삼조사(三祖師)를 차례로 봉향(奉亨)했다고 삼조사(三祖寺)라 했단다. 그 위로 3개의 정자(三高亭)에도 불상을 모시고 있었다.

맨 위까지 올라갔다가 내려와 대기 중인 버스에 올라 화중지방 최대의 온천으로 60여 가지의 인체에 유익한 광물질을 함유하고 있다는 금공작 온천에 도착하여 온천욕을 했다. 이렇게 넓고 웅대한 온천은 처음이었다. 노천욕은 초목으로 둘러싸인 미로 같은 산책길을 따라 군데군데 김이 솟아오르는 석조탕이 이어 있고, 해변으로 착각할 정도의 수중 걷기는 한마디로 경탄이었다. 물고기가 달려들어 발을 간질여 주는 어양탕(魚痒湯)이 이채로웠다. 느긋한 온천욕으로 3일간의 피로를 풀었다.

4일째에는 6시 반에 일어나 7시 30분 호텔식으로 아침 식사를 하고 가방과 배낭을 챙겨 8시 반에 호텔을 출발했다. 합비(合

肥) 공항까지 약 1시간을 달리는 차중에서 차창 밖 정경을 관람했다. 넓은 평야에는 벌써 푸른 벼가 심어져 있고 보리 이랑이 녹색 물결을 이루고 있었다. 일망무제(一望無際)한 들판만 이어지고 간간이 구릉(丘陵)만 보일뿐 산은 보이지 않았다. 공항에 도착하여 귀국 수속을 밟고 로비에서 쉬다가 귀국길에 올랐다. 기내식의 반주로 곁들인 와인 한 잔에 짜릿한 위벽의 자극이 구미를 돋웠다. 기창 밖의 하얀 솜구름 위로 파란 하늘의 햇살이 눈부셨다. 인천공항이 가까워지자 구름 속으로 자맥질하는 기체 날개를 카메라에 담으며 2시간의 비행시간을 지루함 없이 보냈다. 비행기의 하중 초과로 일부 화물이 다음 비행기 편으로 탁송한다기에 하물 미 수령 표에 사인을 하고 고속버스 편으로 돌아왔다.

6·25 동란 중공군의 인해전술의 기억이 아직 생생하고, 죽의 장막의 적성국이었던 중국 대륙이 오늘날 정치, 경제적으로 긴밀한 이웃나라로 변해가고 있다. 13억 인구(우리나라 남북의 인구의 18배)에 950만㎢(우리나라 남북의 44배)의 넓은 땅을 가진 중국이 현재 국민 소득은 우리나라보다 낮으나 관광객 유치로 외화획득과 경제개발에 용트림을 하고 있음을 느끼게 했다. 모 작가의 글에 중국 13억 인구가 한꺼번에 오줌을 누게 되면 한반도가 떠내려간다는 우스갯소리가 생각났다. 22개성(대만을 포

함하면 23개성)에 5개의 자치구, 4개의 특별시(북경, 상해, 천진, 중경), 2개의 특별 행정구(홍콩, 마카오)의 거대한 나라의 장님 코끼리 만지기지만 인터넷을 통한 새로운 지식에 이번 트레킹 체험을 더하게 되어 상식을 넓히게 된 것이 덤이었다.

필리핀 마닐라 관광기 觀光記

　3박4일간의 일정으로 필리핀의 수도 마닐라 관광을 할 기회가 있었다.

　마닐라 국제공항에 내리니 습도 높은 더위가 후끈하게 엄습했고 매캐한 매연냄새가 코를 찔러 공기가 아주 탁했다.

　공항에서 현지 가이드를 만나 우리가 3일간 투숙할 트레이드 호텔로 갔다. 이 호텔은 주로 국제 무역 바이어들이 투숙하는 고급호텔로서 풀장까지 부설되어 있는 20층으로 된 대형호텔이었다. 호텔입구에는 남녀 두 사람의 경비원이 들어가는 사람을 일일이 세밀하게 검색을 하고 있었다.

　이튿날 아침에는 관광객으로 보이는 여러 나라 사람들의 투숙

객과 함께 식사를 했는데 각 국 사람들의 기호에 따라 골라 먹을 수 있도록 메뉴가 다양했다. 파인애플, 바나나, 수박, 귤, 야자로 만든 빵 등이 원산지라서 그런지 신선하고 맛이 있었다. 분위기도 조용하고 아주 친절했다. 아침 식사 후 팍상한 폭포를 구경하기 위해 차를 타고 가는데 고온 다습한 열대성기후는 여름옷을 입고 차 안에 에어컨을 틀어도 더위를 느끼게 했다. 그나마 도로변의 진녹색 야자수와 바나나 등 열대식물이 끊임없이 이어진 것이 위안이 되었다.

목적지에 도착하여 대기 중인 벙커(카누)에 올라탔다. 구명조끼를 입고 비닐봉지에 신과 카메라를 넣어 물이 넘쳐 들어와도 젖지 않도록 했다. 팍상한은 마닐라 남동쪽으로 1백km 떨어진 작은 마을에서 시작해 굽이굽이 물결을 따라 흐르다 마침내 폭넓고 잔잔한 하류로 흘러 나가는데 물길 중간에는 거친 절벽과 폭포, 울창한 열대림 등으로 신비롭고 아름다운 협곡이다. 필리핀 최고의 관광지이며 세계 7대 절승의 하나로 영화 〈지옥의 묵시록〉과 〈여명의 눈동자〉 촬영지로 외부에 알려지자 더 유명해졌다고 한다. 벙커라는 카누는 앞뒤로 길지만 폭은 딱 한 사람이 앉을 수 있는 정도로 좁았는데 두 명의 손님과 타수(舵手-사공) 두 사람만 탈 수 있게 되어 있었다.

배 옆으로 넘실대는 강물은 금방이라도 배 안으로 들어올 것만 같았다. 처음에는 모터보트가 관광객을 태운 벙커를 뒤에 매달고 털털거리며 강 상류로 끌고 올라 가다가 줄을 떼고 앞뒤로 앉은 타수가 벙커를 젓기 시작했다.

강변을 따라 남양 특유의 소박한 집들이 보이고 집 앞 평상에 앉아 더위를 달래던 사람들이 손을 흔들기도 했다. 조금 더 올라 가니 강폭이 점차 좁아지기 시작하더니 좌우로 거칠어 보이는 깎아 세운 듯한 절벽에는 검푸른 열대 식물이 우거져 더위를 잊게 했다. 강물위로 드러난 바위 사이로 급류가 시작되자 타수의 손놀림이 바빠지기 시작했다. 벙커 앞머리가 바위에 쿵 하고 부딪치자 앞의 타수가 바위 위로 재빨리 올라가 직접 손으로 벙커를 위로 잡아당기고 뒤의 타수는 앞의 타수와 손발을 맞춰 힘껏 민다. 계속 큰소리로 말을 건네며 벙커를 잡아당기는데 뒤의 타수가 숨 가쁘게 지시를 하며 앞의 타수를 리드했다. 일단 뱃머리가 바위를 통과하면 발로 바위를 밀면서 그 힘으로 배를 전진시킨다. 그때마다 벙커는 심하게 흔들리고 안으로 거센 강물이 넘쳐 들어와 옷을 흠뻑 젖게 했다. 오로지 인력으로 물살 거센 계곡을 거슬러 올라가는데 작은 체구 어디에서 그런 힘이 나오는지 신기하기만 했다. 이런 광경은 강 상류 곽상한에 도착할 때까지 몇 번씩 반복됐다. 약 1시간 남짓 거슬러 올라가는 동안 절벽의 크고 작은 폭포에서는 시원스레 물이 쏟아져 내리고 계곡을 감싼 울창한 정글 속에서는 간간이 이름 모를 짐승의 울음소리가 들려와 때 묻지 않은 태곳적 자연의 신비에 와 있는 듯한 느낌을 받았다.

신비의 계곡처럼 막힌 듯 열리는 계곡을 따라 빠른 물살을 거슬러 올라가니 웅장한 팍상한 폭포가 나타났다. 폭포수의 수량이 워낙 엄청나서 가까이 다가 갈 수 없었고 수직으로 쏟아져 내리는 물줄기는 필설로 표현 할 수 없는 장관이었다. 벙커에서 내려 폭포를 배경으로 기념 촬영을 하고 휴게소에서 잠깐 쉬었다가 내려오기 위해 배를 탔다. 내려올 때는 올라갈 때의 시간에 비해 반도 걸리지 않았다. 힘들이지 않고 강물을 타고 내려오다가 다시 급류를 만나면 배는 물살의 힘에 떠밀려 저절로 내려갔다. 거친 바위에 쿵쿵 부딪치며 순식간에 급류를 통과 할 때면 엄청난 스피드 감과 스릴을 느끼게 했다. 급류지역을 지나 강폭이 넓은 하류로 나오면 언제 그랬느냐는 듯 잔잔해진 강물과 젖은 옷을 말려 주는 시원한 바람에 평화로운 기분에 휩싸이게 했다.

다음날 아침에는 호텔 서쪽 건너편에 있는 필리핀 문화센터 광장을 산책했다. 날씨가 더워서인지 광장 곳곳에 노숙자가 많았다. 녹음기 소리에 맞춰 에어로빅을 하는 사람들을 따라서 하기도 하고, 혼자 요가 체조를 하면서 몸을 풀었다. 산책을 마치고 호텔로 돌아오는데 마침 출근시간이라 차량이 꼬리를 물고 이어졌다. 신호등은 설치 되어있었지만 작동하지 않았고 교통

정리를 하는 사람이 호각을 불어대고 있었으나 모두가 제멋대로였다. 그래도 사고가 나지 않는 것이 이상했다. 무질서 속에 질서를 생각하게 했다.

그리고는 오늘의 여행지 타카이 타이 (Tacay tay)로 향했다. 타카이 타이는 마닐라에서 남쪽으로 70km 떨어져 있는 필리핀 사람들이 가장 선호하는 신혼 여행지라 했다. 표고 700m 지점에 위치한 루손 남부의 고원도시로 평균기온 22°C이며 마닐라에서 한 시간 반 정도 걸렸다. 혼잡한 시내를 벗어나 4차선 도로 양옆으로 처음에는 큰 빌딩 등이 이어지다가 이내 전형적인 필리핀 논밭의 광경이 펼쳐져 번잡한 도시를 잠시나마 잊게 했다. 차창으로 보이는 들판에는 모를 심는데도 있고 두 벌 논메기 정도로 자란 벼가 있는가 하면 벼이삭이 누렇게 고개를 숙인 옆 논에는 거둠을 마친 곳도 보였다. 일 년 내내 더운 상하(常夏)의 나라로서 다모작(多毛作)이라 벼농사가 끊이지 않고 계속 이어지고 있다는 것이다. 군락을 이룬 야자수에는 야자가 주렁주렁 탐스럽게 달려 있었다. 야자수는 신이 인간에게 준 귀중한 선물 중의 하나로서 물은 빨아먹고, 안에 연한 즙은 말려서 코코아 향료로도 사용하며 각종 음식 요리에도 사용한다. 잎은 지붕을 이는데 사용하고 나무는 건축 자재로 이용하는 등 하나도 버릴 것이 없다고 했다.

타알 호수는 마치 바다처럼 넓고 푸르렀다. 호수 한가운데에 작은 분화구가 봉긋 솟아 있었는데 분화구를 보기 위해 배를 타고 17km 동쪽에 있는 탈리사이로 건너갔다. 약 15분간 빠른 속도로 물살을 가르며 빠져나갔다. 시원한 호수 바람을 쏘이며 주변의 야자수 군락을 바라보면서 신명나게 스쳐갔다. 분화구 자락에 내려 기수(마부)가 모는 말을 타고 승마 트레킹을 시작했다. 분화구 정상을 향하여 내려 쬐는 햇살에 오르막길은 패이고 험하며 굴곡이 심했다. 뒤에는 기수(騎手)가 타고 나는 앞에 타서 올라가는데 훈련을 어떻게 시켰는지 헉헉거리면서도 말은 고분고분 잘 올라갔다. 길이 험하고 가파른 곳에서는 기수가 내려 말을 몰기도 했다. 정상까지 약 30분이 걸렸다.

타알 분화구의 바닥에는 물이 고여 있었고 복판에 바위섬이 보였다. 수면 밖 비탈에 증기가 무럭무럭 솟아오르고 있었다. 기념촬영을 하고 야자수 물을 빨대로 빨아 마시면서 갈증을 풀었다. 타알 분화구 정상에서 사방으로 내려다보이는 풍경은 천하절경이었다.

오후에는 차를 타고 리잘 공원과 산티에고 요새를 둘러봤다.

리잘 공원은 마닐라 만에 면한 아름답고 넓은 공원으로 마닐라의 명소이다. 필리핀 독립의 아버지 호셀 리잘이 총살당한 옛 루네타에는 리잘의 기념비와 독립 기념비가 있고 공원 중앙에 리잘 동상이 높게 세워져 있었다. 동상 앞에는 두 사람의 정장한 군인이 부동자세로 서 있었다. 이 더위에 어떻게 저렇게 꼼작 않고 견딜 수 있는지 궁금하여 가이드에게 물었더니 4시간마다 교대를 하는데 군인으로서 그 곳에 근무하는 것이 본인의 영광은 물론 가문의 명예로 자부하며 여기에 근무한 경력이 있으면 취직 등 우대를 받고 있어 선택된 자만이 근무 할 수 있는 모두가 부러워하는 자리라 했다.

국회 의사당과 관공서가 있고 시민들의 휴식처로 많은 사람들이 붐비고 있었다. 독립 기념일과 대통령 취임식 등 거국적인 행사가 이곳에서 개최된다고 했다. 호셀 리잘(Rizal,1861~1896)은 부유한 가정에서 태어나 필리핀 명문대학을 나와 어머니의 안질을 고치기 위해 스페인에 의학을 유학, 전공 안과 의사가 되었다가 필리핀 식민지의 개혁을 요구하는 언론활동에 참여했다. 당시 300여 년에 걸친 스페인 식민 통치로부터 해방되기 위해 필리핀 민족동맹을 조직, 사회 개혁운동을 전개하다가 체포되어 유형되었다. 1896년에는 민족주의 비밀결사 단체인 카티푸난이 일으킨 폭동에 연루된 혐의로 체포되어 마닐라에서 공개 처형되었다. 35세의 젊은 나이로 총살당하면서 총을 앞에서 쏘지 말고 뒤에서 쏴달라고 부탁해 그의 말대로 뒤에서 쏨으로써 뒤로 넘어지는 사진이 게시판에 붙어있었다. 죽으면서도 무릎을 꿇지 않겠다는 그의 굳은 민족의식에 감동했다. 언론인이며 작가로서 그의 저서《내 몸에 손대지 마라》등을 남기기도 했다.

리잘 공원 관광을 마치고 바로 옆에 있는 산타에고 요새를 관람했다. 중세기 스페인 통치 시대에 구축한 성으로서 고색창연한 성곽을 둘러보며 흥망성쇠의 역사적 흔적을 더듬어 봤다.

필리핀은 국토의 넓이가 30만㎢로서 우리나라의 1.3배가 되고 인구는 약 7,500만으로 우리나라 남북인구보다도 약간 많다. 7,170개의 섬으로 이루어진 세계에서 두 번째 섬이 많은 나라라고 한다. 1571년 이전은 가족 중심의 일종의 공동체였었고 1521년 스페인 탐험가 마젤란이 필리핀을 발견, 1571년부터 1898년까지 327년간 스페인의 식민지 지배를 받았다. 그 후 1898년 스페인이 미국에 패전 미, 스페인 강화조약에 의거 2,000만 불을 받고 미국에 이양되어 1898년부터 1942년까지 44년간 미국의 지배를 받았다. 1942년에서 1945년까지 3년간 세계 제2차 대전 시는 일본의 지배를 받다가 1946년 미국으로부터 독립된 파란만장의 기구한 운명의 나라이다. 1949년 우리나라와 수교 1950년 6·25사변 때는 참전으로 우리나라를 돕기도 했다. 1960년대 우리나라 국민 소득이 100불일 때 필리핀은 1,000불로서 경제적으로 우리나라를 앞섰는데 지금은 반대로 1,200불로 답보하고 있다. 풍부한 자원을 가지면서도 발전을 못한 이유는 400여 년간의 식민지 통치 아래 자립력(自立力)의 결핍과 정치적인 부패, 미국에의 경제적 예속 등이라는 가이드의 말이 기억에 남는다. 리잘, 막사이사이, 아키노 등 지도자가 있었는가 하면 마르

코스와 같은 21년간의 장기 집권으로 나라를 망치게 한 지도자
도 있었으니 우리나라나 필리핀이나 위대한 지도자가 아쉽기만
했다.

살구꽃

이팔(二八)의 사춘기로 기억된다.

형의 처가 곳인 Y동은 청도와 경계한 소백산맥 줄기의 용산이 감싸 있는 골 안에 육동(六洞)이라 해서 여섯 마을이 모여 사는 오지 중의 오지였다. 이수로 50리라 하지만 도적 떼가 나온다는 비리재란 험한 고개가 있어 한나절을 걸어야 할 길이었다. 해방되기 전인 일제 말 어느 봄날, 나는 형수님을 따라 그곳을 갔었다. 가정 사정으로 진학의 꿈을 접고 허전한 심사를 달래기 위해 당분간 그곳에 있게 되었다.

그때도 산책을 좋아해서 용산 기슭에 있는 반룡사(盤龍寺)를 돌아오면서 마을 앞 우물가를 지나게 되었다. 마침 앳된 단발머리 소녀가 물을 긷고 있었다. 눈이 마주치게 되었는데 한눈에 나의 시선을 앗아버렸다. 산골 소녀답지 않게 얼굴이 희고 눈썹이 진했으며 커다란 눈이 서글서글했다. 우물가에는 살구꽃이 만발하여 그의 얼굴이 더욱 환해 보였다.

집에 돌아온 후 그 소녀가 자꾸 떠올라 며칠간 밤잠을 설치게 했다. 그 후 자주 그 우물가를 산책했으나 보이지 않았다. 그러던 어느 날 그 소녀가 물동이를 이고 가는 것을 보게 되었다. 내가 묵고 있는 집에서 내려다보이는 외딴 초가집에 들어가는 것이었다.

나는 그 집을 하염없이 내려다보며 그 소녀가 나오기를 바랐으나 그 후로 한 번도 만나지 못하고 돌아오고 말았다. 그런 이후 그 소녀의 모습이 항상 내 머리를 떠나지 않았다. 이듬해 봄 형수님을 졸라 또 그곳에 가게 되었다. 수소문한 바 그 소녀는 오빠의 직장 따라 이사를 갔다는 것이었다. 나는 너무나 허탈해서 망연자실하고 말았다.

지금도 나는 살구꽃이 활짝 핀 봄날이 되면 그 소녀를 상기하게 된다. 이제 도회지는 살구꽃도 보기 드물고 리라 꽃향기만이 나의 사춘기의 연모(戀慕)를 되살리게 한다.

e-mail의 에티켓

　일기쓰기와 새벽산행은 나의 오랜 습성이 되어버렸고 요즘은 e-mail 주고받기가 일상화 되었다. 매일 친지로부터 온 좋은 글이나 사진, 음악, 그림 중에서 나 혼자 보기 아까운 것이나 취미삼아 DC로 찍은 사진을 PC에 저장을 하고 마음 가는 친지에게 안부 겸 돌리기도 한다.

　오래 소식을 몰라 궁금한 친지에게 전화를 걸어 안부를 묻고 싶어도 특별한 사유 없이 하기가 정말 어려웠다. 상대방이 지금 자리에 있는지, 또 뭘 하고 있는지, 바쁘지는 않은지, 전화를 받을 수 없는 입장은 아닌지. 그리고 막상 안부만 묻기 위해 특별한 용건 없이 전화한다는 것은 선뜻 마음이 내키지 않는다. 그러다 보니 1년 내내 그냥 소식 없이 보내는 경우가 다반사이다.

무소식을 희소식으로 알면 되겠지만 그래도 잠이 오지 않거나 한가할 때 전화와는 달리 메일로 몇 자 적어 그리움을 실어 놓으면 언제 건 상대방이 시간 나는 대로 열어 볼 수 있다. 답장이 없으면 일상에 바쁜 줄 알고 답신이 있으면 더욱 좋아 자주 이용을 하는데 얼마 전 이런 답신이 왔다. "누구에게 보낸 편지인지 잘못 배달된 것 같습니다. 저는 OOO입니다"라고 되어 있었다. 내용에 마음 가는 친지라고 했으니 읽어보면 잘못 갔는지 전달인지 알 수 있을 터인데 거부반응 치고는 대단했다. 아차! 내가 큰 실수를 했구나. 반성을 하게 되었고 바로 사과의 답신을 했다.

그래서 거부반응이 있는 분은 물론 계속 답신이 없는 분은 무언의 거부임을 짐작하고 하지 않는다. 공연히 바쁜 사람에게 성가시게 해서 심기를 건드리는 것도 큰 실례임을 느꼈다.

그래서 이제 나의 수필은 물론 아무리 좋은 글이라도 아무에게나 보내지 않기로 하고 서로 간담상조(肝膽相照)할 사이가 아니면 삼가기로 했다. 상업성이나 스팸 메일 등으로 메일 공해에 시달리는 분도 적지 않을 것이니. 나는 메일을 주고 받다보니 이제 단골 메일 친구가 생겼다. '고도원의 아침편지'를 비롯하여 다산 연구소에서 오는 '茶山의 이야기', 시사랑 모임의 명시(名詩), 그리고 B님의 아름다운 사진과 배경음악을 겸한 메일은 하루도 못 보면 서운할 정도로 매료되어 버렸다.

코드가 맞는 메일 친구도 생기게 되었다. 서로 부담을 주지 않고 숨김없이 심중을 털어 놓을 수 있는 친지를 누구나 원하고 있을 것이다. '임금님의 귀는 당나귀의 귀'라는 속담과 같이 가슴 깊숙이 담고 있는 내밀(內密)한 사연을 풀고 싶은 게 인지상정일 것이다. 이와 같은 메일 친구를 나는 가졌으니 감사하고 행복하다. 받은 메일은 바로 감사의 답신을 한다. 그리고 주고받은 글 중에 좋은 것은 나의 컴퓨터 문서함에 저장해놓고 수시로 꺼내 보기도 한다.

메일은 여러 가지 편리한 점이 많다. 일반 편지처럼 우편료도 없고 부치러 가는 수고로움도 없다. 한꺼번에 여러 사람에게 보낼 수 있어 모임의 전달이나 회람문서 등을 클릭 한 번으로 보낼 수 있으며 또 제대로 전달되었는지 열어 봤는지를 바로 알 수도 있다.

퇴직자 모임의 회원 수가 160여 명이나 되고 수필, 탁구 등 동호인 모임에도 이메일을 활용하고 있어 편리한 점이 많다. 앞으로 모두가 메일을 갖게 되고 메일 활용이 생활화 된다면 의사소통에 많은 도움이 되리라 믿는다.

먹구의 푸념

장면 1 - 소리 없는 들림 (72세 때)
어릴 때 할아버지가 내가 하는 말을
되묻곤 해서 이상하게 생각했었다.
그런데 내 나이 고희를 넘어
가는 소리 잘 못 듣게 되었으니
백발의 할아버지 모습이 떠오른다.
텔레비전 소리를 나는 자꾸 올리고
아이들은 시끄럽다고 낮추곤 한다.
가는귀 어둡다고 괄시 말고
발음을 똑똑하고 정확하게 친절히
말해 줬으면 좋겠는데

오기가 나서 너희들도 내 나이 되어 봐라!

헬렌 켈러는 맹(盲), 농(聾), 아(啞), 삼중고(三重苦)인데도

세계적인 사회사업가가 되었고

베토벤은 난치(難治)의 귀머거리로

교향곡 9번 환희의 찬가를 작곡했단다

큰 소리쳤으나 허풍 친 자신이 초라하기만 했다.

자질구레한 세상살이 이제 그만 듣고

마음을 비우라는 자연의 섭리를

아직도 미처 깨닫지 못하고

삶에 얽매여 허덕이는 미련함을 벗어나기 위하여

오늘도 소리 없는 책과 영원한 친구 되어

단 둘이 속삭이며 가고 싶은 데로

아득한 옛날로 돌아갔다가는

미지의 세계를 찾아 헤매면서

소리 없는 들림을 쫓아 훨훨 날아만 간다.

장면 2 - 변명(辨明 - 76세 때)

　주위에서 보청기를 사용토록 권하나 이미 보청기를 착용하고 있는 분의 얘기로는 음량 조정으로 소리는 크게 나는데 말소리를 알아듣는 데는 별 도움이 안 된다고 했다. 보청기 값도 만만찮으니 그대로 지내고 있다.

아마 난청(難聽)은 군대생활 할 때 155m/m곡사포 15번포수로 중부전선 최전방 실전에 참전하면서 포 소리에 청각이 망가지지 않았나 생각한다. '발사' 구령과 동시에 귀부터 먼저 막아야 하는데 미처 막지 못한 경우가 많았다. 최전방 전투지역이라 군의관도 없이 위생병이 한 명 있었는데 경상자는 사단 의무실로, 중상자는 바로 후송처리 했으니 겉으로 표가 나지 않는 고막 파열 정도는 관심조차 없었다. 아마 그 후유증이 아닌가 생각도 해본다. 적탄에 팔다리가 날아가고 시체조차 찾을 수 없는 전황에 살아남은 것만도 감지덕지할 뿐. 자질구레한 세상살이 이제 그만 듣고 마음을 비우라는 신의 섭리에 순응키로 체념한다. 오늘도 소리 없는 책 친구와 단둘이 속삭이며 논다. 소풍 끝나는 날 노을빛에 물든 구름 손짓 하면 돌아가리라.

장면3 - 자위(自慰 - 78세 때)
사람들의 큰 목소리 내 귀엔 작은 소리
되묻기 미안해서 고개만 끄덕끄덕 바보가 따로 있나 이게 바로 멍청이라.
어리석은 먹구라고 우롱(愚聾)이라 하였으니
군소리 싫은 소리 안 들어 속 편하고
사람들은 수군수군 이 늙은이 흉을 보나
마음 같은 사람끼린 말없이도 통한다오.

시끌시끌 많은 말들 안 들리니 너무 좋아

장면4 - 체념(諦念 - 79세 때)
아이들의 성화에 내가 지고 말았다.
내가 알아 볼 때는 90만 원이라 했는데 130만 원이라 했다.
최신식 고급 독일제라면서 아드님 면을 봐서 싸게 했다나?
아이들이 돈 내어 맞추어 주는 것이라
호의를 거절 못해 따르기로 했는데
그러나 예상한 대로 소리는 크게 들리나 식별하는 데는 도움
이 되지 않았다.
귀에 꽂고 있으니 찜찜하고 오히려 불편했다.
그래서 요즘은 끼지 않고 그냥 있다.
돈이 아까웠다.
필요 없는 작은 소리는 듣지 말고
필요 있는 큰소리만 들으라는 늙음의 섭리를
깨닫지 못하는 어리석은 자신이 원망스러웠다.
愚聾이라 별명까지 지어놓고.

장면5 - 익숙(益熟 - 81세 때)
멍에를 벗고 고삐 풀린 은퇴 세월이 쏜살같이 날아가 버렸다.
시위를 떠난 화살은 되돌릴 수 없는 것, 강산이 한 번 반이 변할

세월이다.

책장을 정리하다가 먼지 낀 보청기 통을 발견했다. 2009년 2월 구입이라 적혀 있으니 2년이 지났다. 그동안 서랍장에서 얼마나 외로웠을까.

2월부터 9월까지 7개월간 끼다가 그만두었다. 위 '장면4 - 체념'으로 나는 자연의 섭리를 따르기로 귀머거리 생활을 고집해 왔다. 스스로 어리석은 먹구라 익명까지 붙이면서, 아직까지는 내 고집이 통하고 있으니 감사하다. 이제 먹구 생활도 익숙해져서 상대방의 입모습과 표정으로 짐작을 하고 다소 불편하기는 하나 프로그램 수강도 하고 있으니 내 고집이 얼마 동안이나 이어질는지. 그런데 이 먹구를 어제 노인복지회관 자원봉사단에 회원으로 가입시켰다면서 회원 명단을 적은 카드를 K 여사로부터 받았다. 집에 돌아와서 나는 이 카드를 아이들에게 보이면서 자랑을 했다. 나이 80에 이 얼마나 자랑스러운 일이냐고. 되새겨 본 80평생의 수상집을 뒤적이면서 섭리에 익숙해지는 자신이 고맙고 감사하다.

장면6 - 재 착용(再 着用 - 82세 때)

큰애의 성화에 고집을 꺾게 되었다. 보청기를 맞춰놓고 왜 안 끼냐며 대화하는 상대방 입장을 생각하라는 것이다. 할 수 없이 오늘 오후 구입처로 갔다. 점검 결과 기능 이상이 없어 4개가 든

약 2세트를 사왔다. 2009년 2월에 130만 원 주고 사서 7개월간 끼다가 음향은 커졌으나 식별하는데 도움이 안 되어 끼지 않고 2년 8개월이 지난 오늘부터 다시 착용키로 했다. 대화, TV시청, 프로그램 청강 때만 착용하기로 했다. 끼고 들으니 다소 음향은 높으나 역시 효과는 별로인 것 같다. 이왕 약까지 사 왔으니 귀에 익을 때까지 착용키로 했다. 약 1개에 500원으로 3~4일마다 음도가 낮아지면 갈아 끼워야 하니 하루에 약값이 130원~150원이 드는 셈이다.

이에 尹推의 '귀먹어서 좋다' 라는 한시를 옮겨본다.

人雖語大吾安聽 : 사람들의 큰 목소리 내 귀엔 작은 소리
我亦聲微彼不通 : 내 목소리 역시 작아 남들도 멀뚱멀뚱
平生駁雜多尤悔 : 성격이 박잡하여 평생 후회 많았는데
天奪其聰幸此翁 : 하늘이 이제야 늙은이 귀를 막았구나.

장면7 - 우각무치(牛角無齒 - 84세 때)

신은 인간에게 만능을 주지 않는다고 했다. 뿔이 있는 놈은 사나운 이빨이 없다. 나는 귀는 어두워나 아직 눈이 밝아 독서에 취미를 갖게 되어 그나마 다행으로 감사한다. 못 들어도 들은 체 그저 고개만 끄떡끄떡하며 중요한 것은 필담(筆談)으로 나누며 자위키로 했다.

장면8 - 이명(耳鳴:귀 울림소리 - 85세 때)

얼마 전부터 귀에 소리가 간헐적으로 나더니 올해 들어 그 빈도가 잦아졌다. 밤에 잠이 깨기도 하고 낮에도 가끔 울림소리가 날 때가 있어 보훈병원에 가서 진찰을 받았다. 양쪽 고막은 정상인데 청력이 나빠서 동반되는 증상이며 완치는 어렵고 많이 힘들면 약을 써보기도 하는데 효과는 60~70% 정도라고 했다. 그래서 2주일분 약을 지어 와서 먹고 있다. 보청기 사용은 강의를 들을 때나 대화 시 외는 가능한 한 착용을 하지 않는다. 찜찜하기도 하고 이명에도 좋지 않은 것 같아서 빼놓는 경우가 많다. 청력도 점차 나빠져 가고 있다. 귀에 소리가 날 때는 발끝 부딪치기 운동을 한다. 그러면 소리가 뚝 그친다. 발끝 부딪치기를 2013년 11월 15일부터 계속 하고 있는데 주로 취침 전 잠들 때까지 2,000번(약 20분간) 잠이 깨어 일어나기 전 2,000번을 거의 계속 하고 있다. 낮에도 TV 시청을 하면서 생각나면 하고 있는데 건강에 상당한 도움이 되는 것 같다. 밤에 잠이 안 와 잠들 때까지 잡념에 시달리기도 했는데 발끝 부딪치기를 하고부터는 불면의 지루함을 피할 수 있어 효과를 보고 있다. 귀가 어둡고 소리가 나는 스트레스를 늙음의 순리로 긍정적으로 마음을 고쳐먹으면서 발끝 부딪치기와 요가, 산책운동으로 건강을 보존하라는 신의 계시로 받아들이니 마음이 편하고 감사하다.

'행복합니다, 감사합니다'를 되뇌이며.

유계집 후기柳溪集後記

《유계집(柳溪輯)》국역 발간에 보다 공이 많은 족친(族親)들이 있음에도 불구하고 나에게 후기(後記)를 미루기에 유계집 국역에 시종 참여한 바 있어 거절치 못하고 졸기(拙記)를 하게 되었습니다. 귀한 문집에 흠이 되지 않을까 두려움이 앞섭니다. 두 번의 거듭된 국역으로 여러 번 내용을 살피는 과정에 몰랐던 것을 알게 되고 배운 바도 많았습니다. 이에 다음과 같이 뒷글을 붙입니다.

늦게나마 누구나 쉽게 볼 수 있도록 한글로 번역 발간하게 된 것을 다행으로 생각합니다. 특히 유교문화의 쇠퇴와 근래의 다문화 시대로의 급속한 변화로 우리 고유 전통문화 보존이 절실한 이때, 이번 유고(遺稿) 번역 발간은 더 한층 뜻있는 일이었다고 자부하고 싶습니다. 이 유계집 국역 발의가 2008년 12월 동지 총회로 알고 있어 늦은 감은 있으나 마무리하게 되어 감회가 깊습니다.

부군(府君)의 휘(諱)는 경조(景祚)이며 자(字)는 사수(士綏), 호(號)는 유계(柳溪)로서 1585년(萬曆 乙酉 선조 18년)에 나시어 한강(寒岡) 정구(鄭逑) 선생의 문인으로 수학하셨습니다. 죄 없이 국문 당한 입향조이신 선고의 억울함을 통분한 나머지 나라의 무도함을 부끄럽게 여겨 과거에 응하지 아니하고 인조 15년(1637년) 삼전도(三田渡)의 굴욕적인 항맹(降盟)에 울분을 참지 못해 인사를 사절, 정축문남한하성(丁丑聞南漢下誠)의 시(詩)를 남기셨습니다. 이로 인한 우국충정(憂國衷情)의 고심(苦心)으로 득병(得病), 이듬해 1638년 8월 6일 54세를 일기로 돌아가신 것을 이번 문집 유사(遺事)에 실린 글로 알았습니다.

이를 갈 나이의 어린 몸으로 아버지 따라 솔가(率家)하여 정처 없는 피난길에 내몰리고 두 번의 상처(喪妻)와 사배(四配)에서 출생한 12남매의 부양과 왜란(倭亂)과 호란(胡亂)의 양대 전란(兩大 戰亂) 속에 척박한 산골에서 부자(父子) 함께 올곧은 선비로 빈곤의 삶 어찌 감당하였을까? 거기에다 광해혼정(光海昏政)과 인조의 삼배구고두(三拜九叩頭)의 치욕은 청운의 뜻마저 접게 했으니 비분강개(悲憤慷慨)의 통한(痛恨)과 삶의 고충을 어찌 필설로 다할 수 있으리까. 이런 와중에도 선비의 지조를 지키면서 학문을 익히고 닦아 귀한 글을 남겼으며 선고(先考)가 돌아가신 후는 상주로서 하루도 빠짐없이 성묘를 하여 배곡(拜哭)한 곳에 풀이 나지 않을 정도의 효심과 형을 섬기기에 아버지와 같이 하셨다니 그 효친우애(孝親友愛)와 절의(節義)에 감복하지 않을 수 없었습니다.

더욱이 어려운 궁핍에도 불구하고 수간모동(數間茅棟)이나마 산천재(山泉齋)를 처음으로 지어 향사강례(享祀講禮)의 전당(殿堂)으로서 오늘날까지 이어 오도록 기틀을 잡았고, 입향(入鄕) 이래 세거지(世居地) 고향 마을과 선영일부가 주택단지 조성에 편입되었으나 산천재(山泉齋)만은 두 번의 중건으로 번듯하게 원 자리에 그대로 명당(明堂)으로 건재하고 있어 부군의 선견지명(先見之明)에 흠앙(欽仰)을 금할 수 없습니다.

입경산(入慶山) 이후 선조님들의 유고(遺稿)로서는 입향조님의 초당에 가득 했다는 화답시(和答詩)가 모두 없어지고 고봉초당 시와 풍자시(諷刺詩) 두 편만 남았을 뿐 전하지 않아 안타깝게 여겨 왔는데, 지난해 일초(日初 - 諱 東愈) 족장(族丈)이 지은 갈헌문집(葛軒文集)의 한시선(漢詩選) 번역본을 받아 읽고 감명한 바 있었으며, 이번에 유계부군(柳溪府君)의 문집 국역본을 접하게 되어 몰랐던 부군의 덕망과 학문의 깊이를 알게 되어 뜻밖의 기쁨을 얻게 되었습니다. 7대 종조(從祖)되시는 홍익(弘翊) 진사 공의 문집 등 아직도 발굴치 못한 선조님의 유고가 남아 있으리라 생각합니다. 앞으로 이와 같이 묻혀 있는 유고를 찾아내어 쉽게 번역을 해서 후손 모두가 읽고 배워 선조님의 유지(遺志)와 문학정신을 이어받아 숭조상문(崇祖尙門)에 이바지하는 계기가 된다면 금상첨화(錦上添花)가 되리라 믿습니다.

끝으로 400여 년 전 부군(府君)의 충효사상과 난세(亂世)의 흔적(痕迹)을 담은 유문집(遺文集)을 보존해온 구현(九鉉) 종군(宗君)과 김연뢰(金淵雷) 교수의 국역(國譯) 노고에 감사드리며 앞으로 이 문집을 토대로 당시의 시대상과 사회상을 배경으로 한 승화(昇華)된 문학편저(文學編著)의 발간을 바라면서 국역 작업에 불씨를 지핀 윤근 족손(族孫)과 협조해주신 종중 운영위원 여러분에게도 고맙게 생각하며 마무리 뒷글로 갈음합니다.

2010년 庚寅 八月 柳溪府君 九代孫 用愈 삼가 적음

4부
첫눈의 추억

그동안 보살펴 주신 은혜 잊지 않겠다면서 눈물을 글썽이며 사표를 내놓았다. 결혼해서 근무해도 되지 않으냐고 만류를 했다. 신랑 될 사람은 물론 시댁 측에서도 원하지 않는다고 했다. "이제 우리의 만남도 이것으로 끝이겠구나. 보고 싶어 어쩌지?" 웃으며 얘기했더니 자주 전화 드리겠다고 했다. 때마침 창 밖에는 눈발이 날리고 있었다.

개똥 줍기

새벽 6시, 대구의 최저 기온이 0도라고 하지만 산책길에 나섰다. 해 뜨는 시간이 반 시간 넘게 남아 여명을 가로등이 밝혀주었다.

비닐봉지와 집게를 든 면장갑 손끝이 시리다. 진천천은 정화 캠페인으로 이제 주울 것이 없을 정도로 깨끗해졌다. 둔치 보도를 걸어가는데 하얀 비닐봉지가 가로등 불빛에 비친다. 얼른 집게로 집어 봉지에 넣었다. 한 바퀴 도는 동안 담배꽁초 몇 개와 휴지 몇 조각 밖에 줍지 못해 오히려 마음이 아쉽다.

지난 석 달을 겨울 추위로 새벽 산책을 중단했다가 3월부터 다시 시작했다. 영하 10도 이하까지 내려갈 때도 계속했었지만 여든의 고개를 넘고 보니 기력이 떨어졌다. 또 주위에서 겨울의 맹추위에는 새벽 산책을 삼가라는 권고도 있고 해서 3개월 동안 집에서 실내 요가와 온욕, 그리고 발끝 부딪치기로 대신했다. 위장장애를 극복하기 위해 시작한 새벽 걷기 운동은 이제 버릇이 되고 말았다. 0도의 기온으로 냇물이 곳곳에 살얼음이 남아 있었지만 입춘, 우수에 경칩이 지났으니 꽃샘추위로 얕잡아 보였다.

가로등이 꺼지고 훤하게 밝아지기 시작했다. 반석 위에서 요가 체조를 시작하는데 붉은 해가 멀리 아파트 숲 위로 얼굴을 내밀었다. 맑은 새벽공기를 한껏 마시며 요가 체조를 마치고 돌아오는 보도를 걸으면서 주위를 살폈으나 겨우 음료수 캔 몇 개로 오늘의 소득은 별로이다. 서운하던 차 방천 둑 밑에 흰 것이 눈에 띄어 다가가 집게로 집어 드니 비닐 속에 개똥이 들어있었다. 꺼림칙했으나 비닐봉지에 담았다. 애완견 출입 경고판이 곳곳에 설치되어 있고 배설물 처리에 대한 안내문을 여러 군데 붙여 놓았는데도 아직도 염치없는 사람들이 있어 안타까웠다.

나는 비닐봉지에 집어넣은 개똥봉지를 내려다보면서 문득 아득한 어린 시절 내 고향 농촌 정경이 떠올랐다. 초가지붕이 옹기종기 정답게 붙어 있고 꼬불꼬불 돌담길 사이로 숨바꼭질 하던 어린 친구들이 어른거렸다. 지금은 다들 어디서 무얼 하는지? 거의가 앞서거니 뒤서거니 이승을 떠나고 남은 친구들도 출입이 거북하다는 소식이다. 그 친구들 중 나와 동갑인 친구가 개똥 비닐봉지와 겹쳐졌다.

씨름도, 나뭇동 묶기도, 달리기도, 못 치기도, 공부 말고는 모두 나보다 잘했다. 그 중에서도 나하고 가장 라이벌이 된 것은 새벽 개똥 줍기였다. 그때는 비료가 없을 때이고 퇴비나 가축의 분뇨, 사람의 오줌똥이 농작물의 유일한 거름이었다. 대구 도회지까지 가서 수레로 돈을 주고 분뇨를 사서 논밭의 거름으로 사용할 때였다. 쇠똥을 보고 더럽다고 하면 얼굴에 버섯난다는 속담이 나돌던 때였으니 전설 같은 얘기다.

그러다보니 매일 새벽 해뜨기 전에 앞 솔밭등과 골목길에 개똥 줍기를 앞 다투어 벌인 것이다. 나와 경쟁자인 그는 부지런하기도 나를 앞섰다. 개똥 소쿠리를 메고 희붐한 새벽 골목을 나서면 나보다 먼저 한 바퀴 돌아 줍는 바람에 나는 매양 빈 소쿠리로 돌아올 때가 많았다.

한번은 그보다 먼저 줍기 위해 어두움 속에 평소보다 일찍 일어나 집을 나섰다. 그가 오지 않은 시간대라 그날은 묵직하게 주어와 기분이 좋았는데 집에 와서 정낭(변소)에 부으니 돌덩이가 섞여 있었다. 어두워서 돌을 개똥으로 알고 주었던 것이다. 그리고 남의 논밭에서 개똥 줍기는 금기였다. 주인에게 들키면 혼이 났었다.

그렇게 부지런하고 착실했던 친구는 6·25 사변 때 실전에 참전하여 전사했다는 후문이다. 장가도 못가고 그 꽃다운 나이에 간 그의 명복을 빌면서 그래도 죽지 않고 살아남은 것만도 감사한데 구국영웅기장에다 보훈금까지 받고 있으니 먼저 간 친구에게 미안하고 죄스럽다. 휴전 직전 격전지였던 중부전선, 영하 20도의 양구 원통리, 오송산 전방고지, 관측장교의 전포대 사격명령이 멀어진 내 귀를 찌르면서 비닐주머니 개똥 냄새가 새벽 공기를 따라 환상의 포연 속으로 말려들어 사라져 간다.

달맞이

정월 대보름날이다.

앞산에 올라 대보름 달맞이를 하고픈 충동이 일어났다. 오후 2시 40분, 산행복을 입고 혼자 집을 나섰다. 앞산 큰 골로 해서 삭도 승강장과 대덕사, 남수산장을 거쳐 만수정까지 올라가 바위 밑 플라스틱 관으로 흘러내리는 냉수를 한 종지 받아 마시니 속이 시원했다. 만수정에서 잠깐 쉬었다가 다시 오르기 시작했다. 눈이 양지에는 녹았는데 음지 길은 얼어붙어 미끄러웠다. 가파르고 눈이 녹지 않아 힘이 들고 숨이 찼다. 함께 오르는 사람들이 앞서거니 뒤서거니 하산하는 사람들과 스치며 올라갔다. 내려오는 사람들은 미끄러져 엉덩방아를 찧는 사람도 있었다.

달맞이 장소인 산성산 정상에 도착하니 오후 4시 30분이었다.

달이 뜨기까지는 아직 반 시간이 남았다. 달맞이 온 사람들이 군데군데 무리지어 앉아 기다리고 있다. 나는 양지를 골라 마른 속새 풀을 비집고 눕혀 베개 삼아 서쪽으로 기울어진 햇살을 받으며 뒤로 누웠다. 바람이 불었으나 햇살이 도탑고 따뜻해서 나도 모르게 잠깐 졸다가 깼다.

달이 떠오를 동쪽 산 능선을 주시했다. 하늘은 구름 한 점 없이 맑은데 산 능선 위로 뿌연 운무가 끼어있었다. 달이 떠오를 곳을 중심으로 20도 시각으로 시선을 집중하여 제일 먼저 달을 보기 위해 눈을 굴렸다.

시간이 되었는데도 달은 보이지 않았다. 아마 운무에 가려서일거라 생각하고 뚫어지게 바라보았다. 10분, 15분, 해는 지기 시작하고 바람이 세차게 일기 시작하니 전신에 한기가 느껴졌다.

그때 엷은 운무 속에 달 모양의 윤곽이 희미하게 눈에 들어왔다.

"달 봐라" 하고 소리를 질렀다. 나 혼자 소리 지르고 다른 사람은 아무 소리도 없었다. 나보다 먼저 발견하고도 소리를 안 지른 것인지 아니면 선창을 빼앗겨 포기를 했는지 여하튼 나 혼자 소리 지르고 나니 계면쩍기도 했다.

어릴 때 고향에서 달맞이 놀이를 할 때 가장 먼저 본 사람이 그 해의 행운을 얻게 된다는 속설에 따라 서로 먼저 발견하려고 눈에 불을 켰다. 먼저 발견한 사람이 목청껏 "달 봐라" 하고 소리를 지르면 모인 사람이 다 함께 "달 봐라" 하고 따라 지르며 합장하여 달을 보고 절을 했다. 그런데 아무도 소리를 지르지 않으니 흥이 나지 않았다. 모두들 카메라 앵글을 맞추느라 분주할 뿐이었다.

달 색이 희면 풍년이 들고 붉으면 날씨가 가물다고 했는데, 달 색이 희게 보였다.

운무를 벗어나 선명하게 솟아오른 달을 다시 한 번 확인하고 하산을 시작했다. 내려오는 길은 미끄럼을 피하기 위해 무선중계소로 통하는 찻길을 따라 내려왔다. 해가 지고 황혼이 짙어지며 바람이 차게 불었다.

오늘 달맞이 산행으로 어릴 때 달불놀이 추억을 더듬었다.

이제 고향의 달맞이 산인 달불 만둥이(迎月嶝)도 주택단지 조성에 들어가서 곧 아파트 숲이 들어서게 되었다. 400여 년 대대로 살아온 집성촌 고향 마을과 조상 모신 선산이 들어가게 되었으니 실향의 애달픔을 호소할 길이 없다. 그러나 마음의 고향은 무궁하리니 창공에 솟아오른 보름달을 바라보며 망향의 노래로 향수를 달래본다.

단식

　내가 처음으로 단식을 하게 된 것은 33년 전으로 위장병 때문이었다.

　공복에 속이 쓰리고, 가루음식을 먹으면 생목이 꼬였으며 트림이 자주 났다. 항상 위산이 치밀어 올라 위에 힘을 주면 꿀꿀 소리가 나고 소화도 잘 안 되어 온갖 약을 먹어도 차도가 없었다. X-선 위장 조영 촬영과 위 내시경 검사 등 정밀검사를 받았으나 이상은 없고 신경성 위장 기능장애라고 했다. 그러던 중 요가원에서 요가 수련(修鍊)을 시작하면서 위장병의 원인을 찾게 되었다.

　나 자신의 부정적인 사고방식으로 인한 불평불만의 스트레스 누적이 병의 원인이라는 것을 알게 되었다.

요가로 부정적인 생각을 바로 잡기 위하여 육체를 유연하게 하고 명상과 최면으로 정신통일을 하였다. 그러면서 단식요법에 대한 책도 읽게 되었고 원장의 지도를 받으면서 단식을 시작하게 되었다.

그 후 요가를 생활화하면서 술과 담배, 커피 등 맵고 자극성 있는 음식을 가능한 피했다. 그리고 정신적으로도 긍정적인 생활관(生活觀)을 가지려고 노력했다. 매일 새벽 산행을 하고 항상 낙관적인 삶을 추구하는 태도로 바꾸었다. 그 이후 이때까지 위장 장애 증상이 없어지게 되었다.

단식 후 담배와 술, 커피를 완전히 끊었었는데 언제부터인가 단연(斷煙)은 하고 있으나 근래에 와서는 술도 먹게 되고 커피도 하게 되어 단식 후 지켜오던 식생활기준이 흐트러지고 원점으로 돌아가고 말았다.

그러던 가운데 얼마 전부터 33년 전 단식 전의 증세가 나타나기 시작하여 날이 갈수록 더해갔다.

그래서 2차 단식을 결심하고 도서관에서 단식요법 책을 다시 빌려 읽고는 단식 요가원을 찾아가서 원장과 상담을 했다.

요가를 병행해서 단식 지도를 받는데 2주일에 30만 원이라 했다. 원장이란 사람이 단식에 대한 지식도 크게 없어보였고 한 번 해 본 경험이 있어 혼자 집에서 하기로 하고 예비단식을 시작했다.

 첫날은 평소에 먹던 양의 반으로 시작해서 다음날은 3분지 1, 이틀째는 죽, 사흘째는 미음으로 해서 나흘째부터 본 단식으로 들어갔다. 본 단식은 생수로 하기로 했다. 간간이 사과와 귤로 입가심을 하고 어성초 달인 물을 생수와 번갈아 가면서 마셨다. 본 단식 첫날 구충제 한 알을 먹고 이틀째 하제(下劑 - 소린액 오랄) 45cc를 생수로 희석하여 복용했다.

 첫 번째 단식을 할 때는 혀에 설태(舌苔)가 끼었는데 이번에는 생기지 않았다. 본 단식 5일째 새벽 산행을 하고 오후에 다시 지루해서 앞산을 약 2시간 돌고 왔더니 현기증이 나고 몹시 피로했다. 그래서 저녁에 현미 미음 한 공기를 먹었다.

 처음에는 본 단식을 7일로 작정했었는데 5일로 줄이고 보식(補食)으로 들어가기로 했다. 보식기간 3일은 예비 단식 순서의 역순(逆順)으로 미음, 죽물, 죽으로 양을 더하면서 마무리하고 다시 정상식(正常食)을 하였다.

 올바른 단식을 하려면 단식 전에 위장 조영 촬영이나 내시경 검사 등으로 기질적 이상 유무를 확진(確診) 후 시작해야 한다. 그리고 요가를 하면서 명상과 최면을 병행해서 전문가의 지도를 받으며 해야 하는데, 경험을 믿고 독서와 산책으로 자가단식(自家斷食)을 해서 부족한 점이 많았다. 그러나 한편으로는 스스로 고비를 넘기게 되었음을 자부케 했다.

본 단식을 마치고 체중을 재었더니 4kg가 줄었다. 1차 단식 때는 5kg가 줄었었다. 원래 여윈 체격인데 4kg나 빠지고 났으니 거울에 비친 내 얼굴이 중병을 앓은 사람처럼 홀쭉했다.

1차 단식 때 본 단식 마지막 날 고산골에 올라가서 냉수목욕과 좌선(坐禪) 하는 것을 본 어린이들이 간첩이라고 신고하여 파출소에 연행되어 신원확인을 받는 등 곤욕을 치른 해프닝이 떠올라 웃음이 나왔다.

용단을 내어 단식을 했으나 단식보다도 앞으로 일상생활을 어떻게 조화해 나가느냐가 더 중요하다. 과음과 과식을 피하고 이 기회에 술과 커피, 인스턴트식품도 끊기로 했다. 그리고 정신적으로 긍정적이고 낙관적인 생활관을 갖기로 다짐을 해본다.

앞으로 얼마나 지켜 나갈지?

벌초

고향 팥밭골에 모셔져 있는 부모님 산소에 벌초를 했다.

예초기가 고장이 나서 진호, 성호와 함께 셋이서 낫으로 했는데 9시 반부터 시작해서 벌초를 마치고 나니 12시 반이었다. 가지고 간 김밥에 막걸리를 반주로 점심을 먹고, 백부모님 산소와 조부모님 산소를 성묘했다. 그리고 입향조님 이장 산소와 파조님 산소, 망근장 3대 선조님(6대 조비 광주 안씨, 5대 조고비 휘 泰成, 고조고비 휘 命珖) 산소를 한 바퀴 돌면서 이장 경위와 비문 내용 등을 성호와 진호에게 설명을 했다. 이장 후 둘 다 처음이라 했다. 그런데 입향조님 산소와 율산 파조님 산소의 잔디는 손을 자주 봐서 그런지 잡풀이 없고 참 잔디가 뿌리를 내려 퍼져 가고 있는데, 우리 후산 파조님 산소는 지난번 임원회 때 잡풀을 뽑고 손을 보기로 윤근 유사에게 시켰는데 이번에 가보니 예초기로 벌초는 했으나 잡초 뿌리가 그대로 있었다.

잔디도 큰산소와 율산 파조 산소처럼 참 잔디가 아닌데다 잡풀에 눌려 제대로 착근도 못하고 죽어가고 있었다.

냉지로 넘어가는 산등에 비석이 서 있고 묘역이 잘 다듬어져 눈에 확 띠는 산소가 보여 알아봤더니 달성 서씨 입향조 산소라 했다. 정씨네 산을 사서 이장을 했는데 곁에 가보지는 못하고 건너다보니 새로 비석을 세우고 멀리서 봐도 눈에 쏙 들어오게 잔디도 파랗게 살아 묘역을 잘 조성해 놓아 보기 좋았다.

풍수지리로 본다면 묘 터로 쓸 만한 자리도 아닌 것 같은데 비석을 커다랗게 세우고 잘 해 놓으니 명당이 따로 있는 게 아니고 보존 관리 하는데 있다는 생각이 들었다.

말매 못도 거의 다 메워져가고 있고 녹지로 남겨놓은 샛강양지와 달불 만등도 산허리까지 메워지고 있었다. 덕고개로부터 산천재 아래 남쪽 경계 배수구 작업이 앞 종산 밑까지 되어 있고 후산 아래쪽 경계 배수구 작업으로 산자락을 파는 굴착기 소리가 요란했다.

가맣게 쳐다보던 동산고개도 눈높이로 낮아지고 덕고개 성황당 돌무덤도, 내가 자란 집터도 어딘지 찾기 어려웠다. 망근장 자부 산소 벌초를 마치고 나니 오후 5시인데 두레박 같다는 가을 해가 서산에 기울고 산 그림자가 길게 눕기 시작했다.

산등을 타고 내려오면서 마을 자취마저 찾기 어려운 골을 내려다보며 실향의 애소를 뇌였다.

노을에 물드는 서쪽하늘을 하염없이 바라보면서.

병상에서 얻은 깨달음

대덕 노인 복지회관에는 탁구부가 있는데 회원이 100명을 넘어섰고 50대 후반에서 70대 후반까지 주로 은퇴 노인들이며 60대가 주류를 이루고 여자 회원 수가 더 많다. 실력에 따라 상, 중, 하, 삼등분으로 나누어 3개월에 한 번씩 단합 친선경기를 한다. 우승자에게 시상도 하고 회식으로 여흥을 풀면서 즐겁게 보내고 있다. 부부 동반도 여덟 쌍이나 된다. 실력이 비슷한 사람끼리 조를 만들어 시합을 함으로써 시소게임으로 아주 재미가 있다. 게임 중 멋지게 공격이 성공했을 때 파이팅! 하면서 짝꿍과 손뼉을 마주칠 때의 그 짜릿한 쾌감이야말로 이루 말할 수 없다.

지난 4월17일, 일상적으로 복식 게임을 하게 되었다. 오판삼승으로 결승을 하는데 2대 2로 동점이 되어 마지막 판에 포 어게인까지 올라가게 되었다. 연속 두 점을 따야 결판이 나는 판이라 한창 열이 올라 긴장되어 있는데 대각선 상대방의 포핸드 속공이 우측으로 날아왔다. 오른쪽 코너로 쏜살같이 날아온 공을 받기 위하여 무리하게 몸을 우측으로 빼는 순간, 오른쪽 발이 미끄러져 중심을 잃고 우측 탁구대 모서리에 옆구리를 부딪쳐 넘어졌다. 눈에 불이 번쩍 하고 심한 충격으로 정신이 아찔했다. 이런 공은 무리하게 받으려고 하지 않아야 하는데 오버 모션으로 인한 실족이었다.

까무러질 듯 너무 아팠다. 떠다주는 냉수 한 컵으로 정신을 차리고 한참 안정을 했다가 가까이 있는 정형외과로 가서 엑스레이를 찍어보니 골절은 없다고 했다. 단순 타박상으로 골절이 없으니 약 열흘이면 나을 것이라고 해서 천만 다행이라 생각하고 주사와 물리치료를 받고 집으로 돌아왔다. 그런데 날이 갈수록 통증이 더 심해져 갔다. 밤에 자다가 몸을 움직일 때 통증으로 잠이 깨고 나중에는 기침과 재채기를 못할 정도였다. 그래도 골절이 없다고 했으니 타박으로 인한 울혈로만 여기고 마찰도 하고 온욕을 하면서 무리한 움직임을 계속했었다.

그런데 그것이 상처를 더 악화시킬 줄은 몰랐다. 열흘이 되어도 낫기는커녕 더해 다시 엑스레이를 찍게 되는데 처방하는 의사에게 아무래도 골절이 되었지 싶으니 촬영 체위를 달리 해서 찍어봄이 어떻겠느냐고 건방진 말을 했다. 내 의견대로 처방을 받아 촬영 결과 우측 7, 8, 9, 10 늑골이 금이 간 것이 아니고 완전 골절이 되었고 8번째 늑골은 어긋나 있었다. 그리고 우측 하늑막에 출혈로 인한 음영이 보였다. 금이 갔을 정도로만 예상했지 이렇게까지 완전 골절일 줄은 생각 못해서 충격을 받았다. 의사에게 처음에 골절을 발견하고 복대로 고정을 해서 안정을 했더라면 이와 같이 더 악화되지는 않았을 것이라 했더니 처음에는 안 나오는 수가 있다고 했다. 금이 간 것은 처음에 안 나왔다가 약 일주일 후쯤 석회 침착되면 나오는 수가 있지만 완전 골절이 안 나오다니 납득할 수 없었다.

처음 초진 시 상처 부위를 만져보고 촬영 처방을 정확히 했더라면 이런 실수가 없었을 텐데 속으로만 생각하고 의사의 자존심 침해가 될까 해서 더 따지지 않았다. 8주 진단의 중상이라니 눈이 캄캄했다. 나의 실수로 다친 것이니 어디 호소할 곳도 없고 이 나이에 부끄럽고 창피하기만 했다. 입원을 해야 하나 생각했지만 입원한다고 해서 별다른 치료방법도 없으니 복대로 고정을 하고 통원치료를 하기로 했다.

그런데 앞으로 2개월 동안을 어떻게 보낼 것인가? 막막했다. 가만히 누워 있자니 하루 이틀도 아니고 지루함을 이겨내는 방법이 없을까? 생각 끝에 평소에 양서 한 권 제대로 못 읽었는데 이번 기회에 책이나 읽으면서 무료를 달래기로 작정을 했다.

서가에 꽂힌 책을 이것저것 골라 봤다. 이상(李箱)의 소설집 《날개(외)》가 눈에 띄었다. 문학청년이 폐결핵에 이환되어 요양 중 사랑의 열정으로 불나비처럼 살다가 요절한 애련한 줄거리였다.

모든 공부가 마찬가지겠지만 특히 독서는 독서열과 기억력이 왕성할 때 읽어야 된다는 것을 더 느꼈다. 해방 직후 10대에 읽었던 《순애보(殉愛譜)》, 《금삼의 피》, 《마의태자》, 《단종 애사》, 《운현궁의 봄》, 《장희빈》, 《무정》, 《불로초》 등은 아직도 새록새록 기억에 되살아나는데 이제 읽고 난 후 며칠이 지나면 내용은 물론 제목마저도 희미해지고 만다.

호롱불을 켜놓고 날이 새는 줄도 모르고 읽다가 아침에 거울을 보면 콧구멍이 새까맣게 되어 있음을 보게 된다. 마른 논에 물이 빨려 들어가듯 그때의 독서열에 그리움을 느끼게 한다. 이제 두뇌 세포의 쇠퇴로 입력도 저장도 잘 안 되는 것이니 이 모두가 자연의 섭리인 것을….

근래에는 책을 읽지 않았는데도 눈이 침침하고 물체가 부옇게 흐려보인다. 노안인데다 독서, 컴퓨터 등을 오래 대하다보니 그럴 것이라고 단순하게만 생각하고 있었는데, 며칠 전 길을 가다가 안과 간판이 눈에 띄어 진찰이나 한번 받아보자고 들어갔었다. 진찰 후 의사의 말이 백내장이라 했다. 왼쪽은 가볍고 오른쪽은 더한데 수술하는 것이 좋겠다는 의사 의견에 따라 이 기회에 겹친 액을 때우기로 하고 오른쪽 눈부터 먼저 하고 며칠 후 왼쪽까지 마저 했다.

수술 시 전연 통증이 없고 수술 후에도 후유증이 없으며 물체가 선명하게 잘 보였다. 수술 기술과 의료 장비가 발달되어 두세 방울의 점안 마취와 3밀리 정도의 절개로 출혈 없이 혼탁된 수정체를 제거하고, 인공 수정체를 삽입하는데 수술시간이 약 한 시간 걸렸다. 재발률은 없으나 독서, 컴퓨터 등으로 시력을 혹사하는 일은 삼가라 했다.

그런데 눈 수술로 약 2주간 책도, TV도 못 보게 되어 또 하나의 고민거리가 생겼다. 얼마 전 큰애 집에 갔다가 현관에 버리려고 내놓은 라디오를 멀쩡한 것이 아까워서 가져다 놓은 것이 생각났다. 내가 셋방살이 하던 시절인 60년대 처음으로 나온 트랜지스터라디오가 우리 집 재산 목록 1호였었는데 언제부터인가 TV와 컴퓨터에 뒷방 구석으로 밀려가 이제 자취마저 감추게 되었다. 먼지를 털고 이어폰을 귀에 꽂고 눈을 감고 혼자 들으니 TV처럼 채널과 음향조절로 아내와 승강이를 하지 않아도 되니 좋았다. 하늘이 무너져도 솟아날 구멍이 있고 궁하면 수가 터진다더니 이렇게 해서 눈 수술 후 2주간의 기간을 용케 넘겼다.

뜻밖의 골절상과 백내장 수술로 올해의 액땜을 했다고 자위하면서 결론적으로 두 달 동안의 병상 침거로 깨달은 바가 있다면 먼저 자신을 알아야 한다는 데 있었다. 등잔 밑이 어둡다고 자신의 나이와 체력을 무시하고 덤벙대다가 노추(老醜)를 보이게 되어 민망하고 창피했다. 지나치면 모자람과 다름이 없다는 말이 새삼 떠오른다. 그리고 흔히들 인용하는 위기를 기회로 삼는다는 말을 나름대로 시도해서 고비를 넘기는데 도움이 되었다.

골절상을 입은 지 두 달, 눈 수술한 지도 2주일이 지났다.

늑골 4개가 완전 골절되어 출혈로 늑막에 피가 고였을 정도의 중상이었는데, 제대로 치료가 안 되어 늑막염이라도 합병되었더라면 어떻게 되었을까? 생각만 해도 아찔하다.

마지막 엑스레이 촬영 상 어긋난 늑골도 제자리로 유합(癒合)이 되었고 늑막에 고인 출혈도 흡수되어 깨끗했다.

오늘 아침 처음으로 두 달 만에 새벽 산행을 다녀왔다.

맑은 공기를 가슴 깊숙이 들이마시고 두 달 동안 굳었던 전신을 풀고 나니 날아갈 듯 상쾌했다. 낙엽이 쌓인 부토에서 구수한 흙냄새가 솟아오르고 풋풋하고 싱그러운 풀 냄새에 코를 벌름거리며 초록색으로 뒤엉킨 나뭇잎이 새벽바람에 하늘거리면서 시야를 부드럽게 해준다.

고진감래(苦盡甘來)라 새삼 건강의 소중함을 절감하였고 나에게 독서의 취미를 점지해주신 신의 은총에 감사했다. 앞으로 독서도 컴퓨터도 하다가 눈이 피로하면 바로 풀어주고 탁구도 승부에 집착하지 말고 가볍게 즐기면서 체력에 맞게 하기로 했다. 따라서 매사를 중용으로 스스로의 처신을 근신하면서 긍정적인 생각과 밝은 마음으로 범사에 감사하며 순리에 따라 살아가기를 다짐한다.

연금

정년퇴임한 지가 어언 20년이 지났다.

1985년 6월 말에 나왔으니까 만 20년 8개월이 흘러갔다. 내가 퇴직할 때 장남이 대학을 갓 졸업했고 둘째가 본과 2년, 막내딸이 고3이었으니 생활비가 가장 많이 들 때였다.

30년을 근무하는 동안 항상 가난에서 벗어나질 못했다. 그러나 재직 중엔 그런대로 학자금 대여가 있었고, 박봉이나마 최저생활을 할 수 있었는데 막상 50대 중반에 정년을 맞고 보니 막막했다. 연금을 일시금으로 타도 아이들 학비와 생활비 등 얼마 안 가서 동이 날 판이라 아내와 아이들은 일시금을 타자고 했다. 나 역시 그렇게 하지 않으면 안 되는 줄 알았다.

몇 번이고 생각을 고쳐먹다가 노후를 위해 20년을 연금으로 하고 10년은 일시금으로 했다. 요행히 퇴직 후 약품상사에 취직하여 보탬이 되었으나 보수가 얼마 되지 않아 적자 생활을 면치 못했다. 약품 상사에서 3년을 근무하고 1년 6개월을 쉬다가 건설회사에 들어가게 되었다. 신임을 받아 관리 이사로 승진되어 보수도 오르고, 연금도 상여금과 정근수당이 합산됨으로써 8년간 근무하는 동안 적자 생활로 인한 빚도 갚게 되었다. 아이들 결혼도 다 시켜 살림도 내보내게 되었으니 이 연금이 밑천이 되어 어려운 고비를 용하게 넘기게 되었다.

그동안 큰 며느리가 유방암으로 4년간의 병고 끝에 세상을 떠났고 아내가 신장 결석으로 입원 수술을 했다. 나도 뜻밖의 병으로 9개월간의 투병을 하는 등 절망의 수렁에서 헤매기도 했었다. 연금에서 대부를 받기도 하고 사채도 내어 빚을 지기도 했었다. 그러나 이제 빚을 모두 갚았다.

자식들이 아무리 효자라 한들 저희들도 기반을 잡아 살아가야 하는데 한 달에 1백여만 원을 보태 줄 자식이 어디 있겠는가. 용돈은 바라지도 않지만 큰아들 내외가 함께 직장에 나가고 있어 집사람이 집을 지키고 돌봐주지 않으면 안 될 처지가 되었다. 주말이나 공휴일 외는 주로 큰아들 집에 가 있고 나는 아내가 장만해준 반찬으로 밥을 지어 먹으면서 혼자 있어야 한다. 제 어미가 수고한다고 큰아들이 용돈을 많이 주어 그 돈으로 아내는 손자

들에게 선심도 쓰고, 곗돈도 붓고, 교회 헌금도 내는 등 넉넉하게 쓰고 있다. 연금은 나 혼자 쓰고 있으니 만족하지는 못해도 그런대로 살아가고 있다. 앞으로 만약 우리 부부가 불의의 질환으로 입원을 하게 된다든지 갑자기 돈이 필요하게 될 때를 대비해서 적은 연금이지만 아껴 쓰며 저축하고 있다.

이제 우리 부부가 다 함께 고희를 넘겨 자식 눈치 보지 않고 연금으로 살아가며 도서관을 사랑방 삼아 시간 가는 줄 모르고 지낸다. 도서관 안에는 노인실이 따로 있고 인터넷도 할 수 있다. 거기서 메일로 친지와 소식을 교환하고 정보의 바다 안에 들어가 요지경 속을 헤매기도 한다. 그리고 요사이는 집에서 도보로 5분 거리에 노인복지회관이 생겨 거기에서 대부분의 시간을 보낸다. 20여 종의 프로그램이 있어 나는 요가, 컴퓨터, 일본어, 엑셀, 파워포인트, 일어 연가 등 여섯 가지 수강을 하면서 틈틈이 탁구 게임도 하며 즐거운 시간을 보내고 있다.

새벽 산행으로 건강을 다지고, 일기를 쓰며 흐려진 기억을 되살리기도 한다. 수필 독서회에 참여하여 글쓰기 연습도 하고 있다. 봄이 되면 아이들과 함께 고향 산자락 텃밭에 나가 흙냄새 듬뿍 마시며 무공해 채소도 가꾸고 싶다. 이 이상 무엇을 더 바라겠는가. 자식들을 설득시켜 사후 시신과 장기를 영대병원에 의학 연구용으로 기증을 해 놓았으니 언제 소천의 그날이 올지라도 두려움과 당황함 없이 편안한 마음으로 떠나갈 것이다. 연금이 그날까지 나를 뒷받침해 줄 것이니 마음은 한없이 편안하고 넉넉하다.

산다는 것은 여행과 같다고 했다. 눈비에 젖은 진흙 길도 언젠가 갤 날이 올 것이니 참고 또 참으며 어려움을 헤쳐 나가면 파란 하늘을 볼 날이 올 것이다.

오늘도 부끄럼 없는 하루가 되기를 다짐하면서, 연금과 함께 하는 여생의 넉넉함을 만끽하리라.

종씨 차 한 잔

복지회관 식당에서 점심을 먹고 2층 안마실 문을 열었다. 안마를 마친 두 여인이 나설 채비를 하고 있었고 조용했다. 오후 2시 반 파워포인트 수강 시간까지 시간이 있어 독서나 할까 하고 책을 펴들었다.

그때 두 분 중 한 분은 나가고 남은 한 분이 화장실에서 옷을 갈아입고 나오더니 내 앞으로 다가와서 "선생님, 미안하지만 원피스 지퍼를 좀 올려 주시겠어요?" 하면서 등을 내밀었다. 50대 중반으로 보이는 부인이었다. 일주일 전 탁구 복식 게임을 하다가 넘어지면서 옆에 있는 탁구대 모서리에 옆구리를 심하게 부딪쳐 즐겨 치던 탁구도 못 하고 물리치료를 받고 있으며 앉고 일어서는데 통증으로 힘이 드는 판이라 일어서는게 귀찮기는 했으나 거절은 못하고 일어서서 지퍼를 올려 주었다.

　그랬더니 속옷 지퍼까지 올려 달라 하지 않는가. 그러고 보니 속옷 원피스도 지퍼로 되어 있었다. 다시 겉옷 지퍼를 내리고 속옷 지퍼를 올리는데 하얀 살결이 시선을 끌었다. 비교적 균형 잡힌 몸매였다. 지퍼 올린 등에 손을 떼면서 "날씬 합니다." 했더니 "고맙습니다." 하며 돌아서 미소 짓는 폼이 밉지 않았다. 문을 나서며 "선생님 성씨가 뭐라예?" 하지 않는가. "나 한가요." 했더니 "그래요? 나도 한간데." 라고 한다. 무슨 파냐고 물었더니 "잘 몰라예." 하며 생긋 웃으며 나가버린다.

　내가 어릴 때 부인들이 나들이 할 때는 처네라는 것을 머리에 쓰고 길을 가다 외간 남자를 마주치면 외면해 서 있다가 지나가고 나면 걸어갔었다.

　향교에서 《맹자》를 배우면서 '형수가 물에 빠졌을 때 형수의 손을 잡고 건져 주는 게 남여 수수불친(授受不親)의 예에 어긋나지 않느냐'는 물음에 맹자가 답하기를 "형수가 물에 빠졌는데 손으로 구하지 않음은 시낭(豺狼)이니 손잡아 구하는 것이 당연하다."고 했다.

　맹자님도 그것만은 생명이 더 중요하다고 시인(是認)을 했었다니 2,000여 년 전 호랑이 담배 피울 때 얘기지만 오늘날까지 동양 윤리의 고전으로 남아 있으니 우리 세대가 겪어온 전설 같은 지난 얘기임에는 틀림없다.

이와 같은 가부장적인 유교사상에서 하루가 다르게 변해가는 오늘날의 성 풍속도에 아찔할 따름이다.

그로부터 며칠 후 복지회관 자판기에서 커피를 한 잔 막 빼는 순간 그 부인과 마주쳤다. 나도 모르게 "종씨 차 한 잔?"이란 말이 내 입에서 튀어나왔다.

"아니 내가 사야 하는데에…."

첫눈의 추억

커피 향을 맡으며 나는 까마득히 흘러간 지난 일들을 떠올린다.

30여 년이 흘러간 것 같다. 그때 나는 불혹의 고개를 넘어서려는 40대 후반이었나 보다. 2남 1녀의 가장으로서 내 집 마련도했고 몸에 밴 직장생활에도 익숙하게 되어 어느 정도 생활의 안정감을 찾을 수 있을 때였다.

어려움이 많고 힘든 직장이었지만 내가 가진 특기로 꼭 그 자리에 있어야 될 사람으로 인정받아 정년 때까지 이동 없이 한 자리에 있게 되었다.

그때 나와 함께 있었던 H라는 간호사가 있었다. 금녀(禁女)의

구역인 만큼 그의 신변에 각별한 신경을 쓰지 않을 수 없었다. 그의 부모와 오빠는 나에게 그를 친동생 아니 친딸처럼 보살핌을 바라며 믿고 의지했다.

그녀의 부모는 시골에 농사를 짓고 살았다. 중학에 다니는 남동생과 자취를 하면서 직장 생활을 했다. 결혼할 때까지 5년 넘게 근무하면서 자취방을 옮길 때마다 돌봐주면서 드나들게 되어 그의 동생과도 친숙하게 되어 동생도 나를 참 좋아하며 따랐다.

출퇴근 시 꼭 기다렸다가 함께 가기를 원했다. 동생이 나를 보고 싶다면서 함께 오란다고 해서 자주 그의 자취방을 가게 되었다. 과년한 처녀 집에 간다는 것이 주인집 눈치도 있고 거북스러웠으나 뿌리칠 수 없어서 그의 남동생의 주문을 명분삼아 자주 들르게 되었다.

진달래 만발한 4월의 팔공산, 녹음 짙어진 여름 갓바위, 돌아오는 길에 빗줄기 우산 속의 따뜻한 체감, 단풍잎 우수수 떨어지는 앞산 큰 골, 담치 고개 넘어 고산의 딸기 밭, 추억이 주마등처럼 뇌리를 스쳐간다. 그와 야외 나들이나 산행 시에는 코드가 맞는 K직원이 그림자처럼 함께 했었다.

어느 날 다방에서 갑자기 결혼을 하게 되었다면서 상대방은

제약회사 영업사원이며 오빠의 소개로 알게 되었다고 했다. 그동안 보살펴 주신 은혜 잊지 않겠다면서 눈물을 글썽이며 사표를 내놓았다. 결혼해서 근무해도 되지 않겠느냐고 만류를 했다. 신랑 될 사람은 물론 시댁 측에서도 원하지 않는다고 했다. "이제 우리의 만남도 이것으로 끝이겠구나. 보고 싶어 어쩌지?" 웃으며 얘기했더니 자주 전화 드리겠다고 했다. 때마침 창 밖에는 눈발이 날리고 있었다. 물기 젖은 눈으로 눈발을 바라보며 "부장님! 부장님이 칠순이 되는 첫눈 내리는 날 이 장소에서 만납시다." 어리광 부리듯 미소를 띠웠다. "그래 그것 참 좋은 아이디어다. 내가 칠순이 되면 H양은 50을 맞게 되는 초로의 지명(知命)인데 그때 우리들은 어떻게 변해 있을까? 고희의 반백 노인과 초로 여인의 만남, 거 참 로맨틱한 추억의 장면이 되겠구나!" 면서 농담으로 서먹해진 분위기를 잡아내기도 했다.

그로부터 30여 년이 흘러갔다. 내 나이 희수(喜壽)를 넘어 팔순을 넘어섰다. 그의 결혼식에도 갔고 나의 아이들 혼사에도 다녀갔다. 안부 전화도 가끔 이어졌는데 언제부터인가 소식이 끊어졌다.

내가 칠순을 맞던 해는 아내의 신장결석 입원수술로 칠순 축연도 못했으니 생각할 여유도 없었고, 또 대구지방은 눈이 귀해서 대설, 소한이 지나 대한이 코앞인데 특히 오늘 같이 다른 지방에는 대설 주의보가 내렸는데도 여기는 찬비만 뿌리고 아직도 눈발 구경을 못했으니 '칠순의 첫눈 내리는 날' 만남의 약속은 허공 속의 메아리가 되고 말았다.

아련한 추억만이 가슴을 아리게 한다.

그녀도 지명(知命)의 고개를 넘어 이순(耳順)을 바라보는 나이가 되어 이제 그 고왔던 홍조 띤 예쁜 얼굴에도 주름이 생겼을 것이다. 자녀는 몇이나 두었는지. 아이들 혼기도 되었을 텐데. 소식이 없으니.

오늘따라 그의 손을 덥석 잡으며 반겨주고 싶다.

도둑

복지관에서 엑셀 수강을 하고 있는데 핸드폰이 울렸다.

"어르신 도둑이 들었어예"

세든 총각의 다급한 목소리를 듣고 헐레벌떡 집으로 뛰어갔다. 방안에는 장롱 안에 있어야 할 이부자리가 바닥에 어질러져 있었고 문갑과 경대 서랍도 다 빼내어 뒤져 놓았다. 열린 창문의 문턱에 발자국이 보였다. 담을 넘어 창문을 열고 들어온 것 같았다. 창문을 틀림없이 잠갔는데 이상했다. 여러 번 도둑을 맞아도 이번과 같이 이렇게 온 방을 뒤져 흩트려 놓기는 처음이었다. 아무리 뒤져봐야 가지고 갈 것도 없는데 이 도둑은 비 오는 날 허탕만 쳤구나 라는 생각을 하며 작은 방에 들어서니 책상 위에 있던 컴퓨터 모니터가 보이지 않았다. 본체도 있고 며칠 전에 구입

한 프린트기도 그대로 있는데 모니터만 달랑 빼 가버렸다. 얼마 전 큰애가 19인치 신형을 사와서 바꾼 후 구형보다 돋보기를 안 껴도 선명하게 잘 보여 좋았는데 가지고 갈 것이 없으니 그것이라도 가져갔는지. 29만원주고 샀다는데 장물 애비에게 가지고 가면 7만원밖에 못 받는다는 경찰관의 말이다. 나에게는 돈보다 큰애의 정성이 담긴 선물이며 상시로 들여다보는 것이라 더 소중하고 아까웠다. 우리 내외가 큰애 집에서 함께 지낼 때는 집을 비우는 경우가 많았지만 이제 상주를 하고 있고 도둑을 여러 번 맞아 도둑이 가져 갈만한 물건은 아예 집에 두지를 않았다. 한 번은 열 냥짜리 행운의 열쇠를 잃었고, 또 한 번은 카메라와 상품권을 도둑맞은 일이 있었으나 그 외는 특별히 잃은 것은 없었다. 도둑을 맞으려면 개도 안 짖는다더니 그날따라 모두 출타하고 집이 비어 있었던 것이다. '지키는 사람 열이 도둑 하나를 못 막는다'는 말과 '쥐 물고 갈 것은 없어도 도둑맞을 것은 있다'라는 속담이 생각났다. 지금까지는 도적을 맞아도 한 번도 신고를 하지 않았다. 찾지도 못 할 걸 피차 번거롭기만 하고 문단속을 잘못한 책임도 있으니 '도둑맞고 죄 많다'는 생각에 단념했던 것이다. 그런데 가만히 생각해보니 신고도 의무이고 파출소에서도 관할 치안 상태를 알아야 하지 않겠나 하는 생각이 들어 전화로 신고를 했더니 두 명의 경찰관이 나와 방안을 둘러보고 나의 인적 사항과 도난경위를 적어 갔다. 비 오는 날 도둑 신고는 처음이라면서. 이튿날 새벽 청소를 하면서 화단을 들여다보니 전에 없던 깊이 파인 발자국이 보였다. 들어가 살펴보니 담을 넘어 현관 쪽으로 걸어가며 생긴 도둑의 발자국이었다. 마침 지하실에서 버리려고 두었던 모니터 상자에 사양서가 있어 제품 번호를 보고 다시 파출소에 연락을 했더니 전날 나왔던 분과 다른 한 분이 나왔다. 발자국과 제품 상자를 보여주고 꼬리가 길면 잡힌다고 참고자료가 될까 해서 다시 연락을 했다고 했더니 새로 나온 사람이 나의 인적사항을 물으며 주민증 제시를 요구했다. 어제 나왔을 때 모두 적어 갔는데 일지를 안 가지고 나왔느냐고 반문하니 어제 담당자가 비번이라했다. 일지마저 적지 않았구나 하는 의심이 생겼다. 이러니 누가 귀찮게 신고를 하겠는가. 도둑을 잡기 위해 온 경찰이 한심했다. 내가 디카로 발자국과 모니터 상자를 찍으면서 카메라를 가지고 나왔느냐고 묻자 대답은 않고 과학 수사팀에 연락을 해서 정밀 검증을 하자면서 지금 다른 곳에 현장검증을 하고 있는데 마치고 바로 올 것이라 하고는 돌아갔다. 1시간 후 과학수사팀이라며 사복차림 경찰관 한 명이 와서 카메라로 발자국과 모니터상자 제품번호와 큰방 유리 창문 문턱의 운동화 자국을 찍었다. 그리고 모니터가 없어진 컴퓨터도 찍었다. 현장 검증을 하는 경찰관에게 '이렇게 연거푸 도둑을 자꾸 맞으니 경비망 설치를 하면 어떻겠냐'고 했더니 시설비도 만만찮고 오히려 도둑의 시선을 끌어 값진 물건이 있는 줄 알고 표적이 될 수도 있다면서 자기는 집에 도적맞을 만한 물건을 두지 않으며 문도 잠그지 않는다고 했다. 또 어떤 사람은 봉투에다 현금 얼마를 넣어서 뒤져봐야 가지고 갈만한 것 없으니 용돈이나 하라고 눈에 띄는 곳에 두는 사람도 있다고 했다. 나는 문을 잠그지 않고 나다닐 배짱도 없고 용돈을 뇌둘 여유도 아량도 없으니 다시 신고한 자신이 초라했다.

도둑을 맞은 지 두 달여 후에 수성경찰서 수사과에서 전화로 나의 인적 사항을 묻고 도적맞은 사실이 있느냐고 물었다. 그래서 컴퓨터 모니터를 도둑맞았다고 했더니 도둑을 오늘 잡았는데 잃어버린 물건의 증명될만한 것을 가지고 오라고 했다.

잃어버린 모니터 모형도와 설치안내서를 가지고 수사과에 도착하니 수갑을 찬 20대가 고개를 숙인 채 앉아있고 책상 위에는 눈에 익은 모니터가 놓여있었다. 이것이 맞느냐고 물으면서 카메라 두 대도 내 놓았다. 카메라는 아니고 모니터는 맞는 것 같다면서 가지고 간 증거물을 제출했다. 피해자 진술조서를 작성하는데 나의 청력 장애로 되물으면서 짜증나는 기색이 보여 가지고 간 '도둑맞고 실없이 중얼 중얼'이란 내가 쓴 글을 보이면서 내용이 상세하게 적혀 있으니 보라고 했다. 읽어보더니 글을 쓰느냐고 물었다. '하도 어처구니가 없어서 일기에 적은 것을 옮겼다'고 했다.

구형 모니터를 떼어내고 다시 찾은 새 모니터로 바꾼 후 부팅을 하니 화면이 환하게 밝고 선명해서 기분이 좋았다. 찾는다는 것은 아예 생각도 못하고 단념을 했었는데 뜻밖에 찾고 보니 꿈만 같았다. 값으로 치면 얼마 안 되지만 조석으로 상대하는 애물(愛物)이며 또한 큰애가 사준 정성이 담긴 것이라 나에게는 더없이 소중했다.

　수갑을 차고 고개를 숙이고 앉아있던 젊은이의 소행은 미우나 인간적으로　불쌍하고 가여워 보였다. 들고 가기도 부담스러운 물건을 하필이면 비 오는 날에 그것도 조립되어 있는 물건을 해체까지 해서 들고 갔을까? 아무리 가지고 갈 것이 없다 하더라도 도자(盜者)의 기본 상식도 없었으니 말이다. 애초에 비오는 날 월장(越牆)으로 발자국을 남겼으니 징크스가 붙을 수밖에.

　특수절도로 1년 이상의 징역을 살고 전과자란 딱지를 달고 다녀야하는 신세가 되었으니 안타깝다. 그는 지금 이 찌는 듯한 무더위에 감방 안에서 무엇을 생각하고 있을까?

　그리고 보니 도둑을 다섯 번이나 맞고도 신고를 않았었는데 이번에 신고한 게 잘 했다고 느끼며 한편 경찰을 못 믿어했던 종전의 관념을 바꾸게 했다.

　며칠이 지난 어느 날 피의자의 누나라면서 전화가 왔다. 동생의 범행을 대신 사과드리고 합의서를 받고자 한다기에 집으로 오라고 했다. 이튿날 피의자의 누나 된다는 20대 후반의 처녀와 동생의 친구라면서 남자 두 사람을 데리고 나의 집을 찾아왔다.

만나기 전에 아내와 의논을 했다. 잃어버린 모니터도 찾았으니 오죽해서 도둑질을 했겠나, 불쌍하니 합의서도 써 주고 영치금이라도 넣어주라고 10만 원을 봉투에 넣어 준비 해놓고 기다렸다. 그런데 함께 온 동생 친구가 몰고 온 차가 고급차이고 변호사까지 선임을 했다기에 돈을 주지 않았다. 동생이 초범인데 변호사가 피해자의 합의서를 받아오면 집행 유예를 받을 수 있게 하겠다고 한다면서 동생이 나오면 꼭 찾아뵙고 인사드리겠다면서 눈물을 흘리며 애걸하기에 해주기로 했다. 합의서의 신빙성을 위해 나의 인감증명서를 첨부해야한다기에 동사무소에 가서 인감증명을 발부받아 피의자의 주민등록과 공소장 사본을 받고는 초범이며 본인이 뉘우치고 있다하니 이번 한 번 만은 용서해서 개과천선의 길을 열어줬으면 좋겠다는 내용의 합의서를 써서 건네주었다.

합의서를 써주고 궁금해서 구형날인 8월 23일 담당 K 변호사에게 전화를 걸었다. 합의서를 써준 피해자 아무개라고 인사를 하고 어떻게 되었느냐고 물었더니 검사 구형이 2년인데 집행유예를 받도록 합의서를 받게 주선을 했다는 것이었다. 그리고 법정에서는 어머니를 일찍 여읜 결손가정의 딱한 사정을 호소하며 초범이니 관대한 처분을 바란다고 변호를 했으나 결과가 주목된다고 했다. 좋은 결과를 바라겠다며 전화를 끊었다.

그 후 9월 6일 오후 K 변호사에게 전화를 걸어 결과를 물었더니 징역 1년 6월에 형 집행유예 3년을 선고 받았다고 했다. 합의해 준 덕분이라고 인사하면서 3년 안에 재범을 하게 되면 집행유예는 실효가 되고 선고된 징역 1년 6월을 살아야하며, 누범가중으로 재범 형이 더 무거워지니 정신이 이상하지 않은 이상 다시는 재범을 할 수 있겠느냐고 했다. 변호사님께서 변호를 잘해서 원하는 데로 되었으니 다행이라고 인사하고 전화를 끊었다.

합의서를 받기위해 나를 찾아왔을 때 집행유예를 받게 되면 꼭 동생과 함께 찾아뵙고 인사드리겠다면서 눈물을 흘린 처녀의 모습과 수갑 차고 고개 숙여 있던 동생 모습이 겹치면서 나의 망막을 흐리게 한다.

그들에게 개과천선의 기회를 준 판사님의 아량에 감사드리고, 적극적인 변호로 재생의 길을 열게 한 K 변호사에게도 치하 드린다. 그리고 그들 남매의 앞날에 다시는 이와 같은 불행이 없는 행복한 참된 삶이 있기를 빈다.

5부
회상록回想錄

뒤돌아보면 지난 한평생이 파노라마처럼 뇌리를 스친다. 글 중에는 발가벗긴 자신의 모습이 창피하고 부끄럽기도 하나 사실 그대로 털어놓고 보니 '임금님의 귀는 당나귀 귀'라고 속이 시원한 점도 없지는 않다. 남에게 내어놓기는 차마 부끄러운 글이지만 나에게는 소중한 발자취라 읽고 또 읽으며, 어려웠고 고생했던 지난 일들을 아름다운 추억으로 승화시키고자 했다.

2015년 음력 10월 7일은 내가 이 세상에 태어난 지 85년이 되는 날이다. 더불어 아내의 82년째 되는 날이기도 하다. 공교롭게도 우리 부부는 생일이 같은 날이다. 그리고 음 9월 24일이 결혼 58주년이 되는 날이다.

　지난날 틈틈이 적어둔 일기장을 근거로 나의 생후 오늘날까지 지나온 발자취를 기억나는 대로 더듬어 우리 부부의 생일과 결혼기념일을 자축하기 위해 수상록을 엮었다.

　비록 천학비재(淺學菲才)하여 나의 한평생이 특별히 내세울 것은 없으나, 그래도 보잘 것 없는 흔적을 기록으로 남겨 먼 후손 중에 관심 있는 자가 있어 가계(家系)를 살피는 데 참고가 된다면 나의 바람은 더할 수 없을 것이다. 그리고 나 자신이 걸어온 평생을 되돌아보며 앞으로 하늘이 얼마만큼의 시간을 나에게 줄지 모르지만 여생을 점검해 보는 것도 무의미하지 않을 것 같아서 이 글을 쓰기 시작했다.

　내가 이 글을 쓰려고 마음먹은 것은 입향조의 기록을 족보에서 본 후이다. 입향조(入鄕祖) 직장(直長) 부군(府君)께서는 400여 년 전인 1592년 임진왜란 때 당시 36세의 중년 선비로 전란

중에 부형(父兄) 양상을 2월과 4월에 각각 당하셨다. 성주 선영에 안장 후 어린 조카 남매와 같은 또래 아들 둘(8세와 6세)을 데리고 남부여대(男負女戴)로 전화(戰禍)를 피해 4대에 걸쳐 살았던 성주의 정든 고향 집과 조상을 모셔 둔 선영을 등지고 정처 없는 남행의 피란길을 가다가 지리적으로 피난의 적지로 보이는 경산 상방동 장고산 기슭에 정착하게 되었다고만 적혀있다.

아무런 연고도 없는 척박한 곳에 자리를 잡고 천애 고아가 된 조카 남매까지 여섯 식구의 생계를 어떻게 꾸려 나가셨는지. 거기에 두 자부를 젊은 나이로 앞서게 한 비운을 겪으면서 더욱이 농사꾼도 아닌 선비로서 의식주를 어떻게 해결하셨는지. 그때의 생활상을 지금 내가 쓰고 있는 이런 회상록이나 일기라도 있었다면 우리 후손들이 그 시대의 생활상과 뿌리를 찾는 역사 공부에 많은 도움이 될 것이라 생각되었던 것이다.

내가 문학이나 사학을 공부했더라면 입향조께서 성주에서 경산으로 이주한 일들을 상상하여 한 권의 소설을 쓰고 싶었으나 나의 욕심에 지나지 않았고, 그래서 하잘 것 없는 나의 발자취이지만 이와 같이 틈나는 대로 적은 30여 권의 일기장을 근거로 정리를 했다.

어린 시절의 추억

내가 태어난 때는 1931년 음력 10월 7일 오후 2시경(辛未년 음력 10월 7일 未時)으로 나라를 빼앗긴 일제 강점기였다. 구 행정구역상 경북 경산군 압량면 사동 402번지이다.

아버지 韓始權(족보상 始烈), 어머니 草溪 鄭氏 今祚 사이에 3남 2녀 중 3남으로 태어났다. 내가 태어날 때 아버지가 40세 어머니는 36세였다.

어린 시절의 가장 오래 된 기억으로는 백발이 성성하신 할아버지께서 긴 담뱃대를 물고 아버지께서 살림 나와 사시는 우리 집을 들르시던 일이다. 그 할아버지가 돌아가실 때 온 집안 식구가 둘러 앉아 운명을 지켜보는 가운데 아버지의 품에 안겨 영면

하시던 모습과 곡소리, 상여 뒤를 아무 것도 모르고 따라 가던 일들이 어렴풋이 떠오른다. 그때 할아버지 연세가 82세였고 내 나이 7세였다.

내 기억으로는 그게 가장 오래된 기억이라고 볼 때 그때의 시속(時俗)과 문명도로 봐서 그럴 수밖에 없을 것이라 짐작된다. 위로 형이 둘 누나가 하나 있었다는데 누나는 내 기억에 없는 것으로 봐서 열 살 전후에 사망하지 않았나 여겨진다. 아래로는 네 살 아래의 누이가 있어 현재 76세로 시내 이천동에서 살고 있다.

초등학교에 입학하기 전의 기억으로는 꼴망태를 메고 소 풀을 뜯던 일과 풀을 뜯다가 암소를 보고 달려가는 황소의 고삐를 잡고 끌려가며 엎어져 울었던 일, 그리고 천자문을 끼고 서당에 가서 뜻 모르고 외우던 일들이 아련한 꿈결처럼 떠오른다.

아버지께서는 술과 친구를 좋아하시고 집안 살림에 대해서는 소홀하셨다. 반면 어머니는 너무 여무서서 가난을 무릅쓰고 아이들 배 안 굶리고 살아 보겠다고 무진 애를 쓰셨으나 아버지께서 이를 따라주지 않으니 자연 가정불화가 나기 마련이었다.

어머니께서는 가난한 살림에 혼자 애써가며 농사일을 하느라 너무 고생을 하셔서 병이 생겼고, 제대로 치료도 받을 길 없어 45세의 젊은 나이에 돌아가셨다. 그때 내 나이 열한 살, 누이가 일곱 살, 일본에 가서 고학으로 중학을 다니던 중형이 21세였다.

약 한 첩, 병원 한 번 못 가보고 끈 못 붙인 삼남매를 남겨두고 임종도 없이 혼자 돌아가셨으니 어찌 눈을 감고 가셨겠는가!

지금도 그 마음 헤아리면 가슴이 아프다.

초등학교 시절

나는 아홉 살에 초등학교에 입학했다. 한 해 전에 장질부사에 걸려 꼭 죽는다고 했던 것이 살아나 그 이듬해 봄에 초등학교에 입학을 했는데, 병으로 머리가 다 빠져 담임이신 송 선생님이 머리에 꿀밤을 주면서 '밤송이머리'라 하시던 기억이 난다. 그때는 장질부사를 열병이라 해서 한 바퀴 전염병이 돌고 나면 거의 다 죽게 마련이었다.

병을 앓고 완전 회복도 되지 않은 상태라 머리도 다 빠지고 얼굴도 초췌하니 아무도 내 옆에 앉으려고 하지 않았다. 항상 시퍼런 콧물을 달고 다니는 친구가 나와 함께 한 책상에 앉게 되었다.

반 아이들에게 따돌림을 당하고 왕따가 되었다. 그러던 중 내 몸도 차차 회복이 되어 가던 어느 날 운동 시간이었다. 한 반에 60명이 되는 학생을 키 순으로 30명씩 두 줄로 나누어 제일 작은 아이부터 씨름을 붙였다. 나는 그때도 나이에 비해 키가 작아서 60명 중 작은 쪽에서 4번째였다. 두 편으로 갈라 씨름을 하는데 약 반 수를(30명 중 15명) 모두 넘어뜨렸다. 그 때부터 나의 별명이 땅 장군으로 불렸다. 그 후부터는 나에게 짓궂게 놀리며 때리는 아이들도 적어지고 나도 그때부터 가만히 맞고만 있지 않았다.

1학년 1학기 통지표를 처음 나누어 줄 때 담임선생님이 내 이름을 맨 먼저 불렀다. 나의 머리를 쓰다듬으면서 "밤송이머리가 1등을 했다." 면서 여러 아이들 앞에서 칭찬을 해 주셨다. 나는 생각도 못 했던 일이라 얼굴이 홍당무가 되어 어쩔 줄을 몰라 했다. 그런 후 2학기부터는 모두가 내 옆에 앉으려고 야단이었다. 코 흘리기 짝꿍은 밀려가고 면장 아들이 내 짝꿍으로 내 옆에 앉았다.

그때는 지정 좌석이 없었고 학기 초 키 순에 따라 앉았는데 자리를 옮기는데 비교적 자유로웠다. 2학기에도 1등을 했고 학년 말 학예회 때 내가 처음으로 손님들에게 인사말을 하는데 뽑혀 인사를 하게 되었다. 선생님이 적어 주시는 대로 외우고 무대에 올라가 인사를 했다. 내용은 일본 말로 되어 있었다.

"아버님, 어머님, 형님, 누님 모두 잘 오셨습니다. 지금으로부터 학예회를 시작 하겠사오니 끝까지 조용히 봐주시면 감사 하겠습니다."

이 짧은 인사말을 일본 말로 외워서 학예회 시작 전 맨 먼저 무대에 올라가서 하는데 생후 처음 서는 무대라 모두가 나를 쳐다보고 있어 눈이 빙빙 돌았다. 어떻게 인사말을 했는지 선생님이 또박또박 띄어서 천천히 하라고 했는데도 나도 모르게 빨리 하고 얼굴이 빨갛게 되어 내려왔는데도 담임선생님께서는 잘 했다면서 머리를 쓰다듬어 주셨다. 그때 학예회에 일본 유학 중인 중형이 참석하여 교복에 만도를 걸친 멋이 자랑스러웠다.

2학년에 올라가 神桓(가미가기)이라는 일본 선생님이 담임이 되었다. 이때부터 나는 공부하는데 취미와 자신감을 가지게 되었다. 또한 키가 작아도 공부 잘 한다고 급장을 시켜주니 나이로 봐서는 출석 번호가 21번으로 중 상인데 키는 네 번째 작은 편이라 큰 아이들이 통 말을 듣지 않았다. 그래도 나는 청소할 때나 정렬을 할 때 말을 안 듣는 아이에게 큰소리도 치고 쥐어박기도 했다. 하루는 하굣길에 교문을 나서는데 큰 아이들 10여 명이 빙 둘러서서 '너 앞으로 급장이라고 까불면 그냥두지 않을 테니 조심해라.'는 협박을 하기도 했다.

어머님의 별세

2학년 가을 운동회 때 나는 급장으로 맨 앞에서 구령도 하고 또 달리기와 기마전 등에서 상을 타기도 했다.

나는 급장으로서의 모습과 상 탄 기쁨을 자랑하고 싶었으나 응원과 칭찬을 해 줄 우리 집 식구는 아무도 보이지 않았다. 어머님마저 앓아누워서 아무도 오지 않았다. 인편에 부친 도시락을 혼자서 먹고 한반의 전무근이라는 친구에게 고구마를 맛있게 얻어먹은 기억이 난다.

어머니는 그해 늦가을 음력으로 9월 9일, 한 많은 이 세상을 떠나가셨다.

돌아가시던 그날, 덕고개 아래 논에서 벼 베기를 하는 형님의 찬을 갖다드리고 돌아오니 마침 아래 깍단 숙모님이 오셔서 방문을 열고 들어가셨다.

그러나 이미 어머니는 임종을 지켜주는 이 아무도 없는 상태에서 단말마의 고통을 넘기신 후였다. 숙모님의 울음소리를 뒤로 들으며 벼 베는 형에게 뛰어가던 기억이 끊겼다 이어졌다 한다.

무슨 병인지도 모르고 그저 속병이라 하면서 약 한 첩 못 써보고 점쟁이를 불러 푸닥거리 굿을 몇 번 하는 것을 봤을 뿐이다.

45세의 한창 사실 나이에 영영 못 오실 길을 가시고 말았다. 그날이 1940년 음력 9월 9일 오후 4시경이었다.

어머님의 사랑

내가 어머님에게 받은 수많은 사랑 중에 가장 기억이 남는 것이 있다.

초등학교 1학년 겨울, 음력으로 정월 대보름 날로 기억된다. 그날은 대보름날이라 아침밥이 늦어 밥을 먹지 못하고 집을 나섰다. 전날 내린 눈이 발목까지 빠지는데도 10리 길을(압량초등학교) 다른 애들 다 안 신는 게다(나무 신)를 신고 가다가 끈이 떨어져 맨발로 학교까지 눈길을 걸어갔다. 지금 생각하니 동상이 안 걸린 것이 이상했다. 그날은 보름이라 그랬는지 학교에서 일찍 집으로 보내주었다.

오후 한 시쯤 돌아오는데 말매못 밑에 이르니 어머님께서 태선(장 질녀)이를 업은 채로 솜 보자기에 찰밥을 싼 밥그릇을 들고 아침도 못 먹고 간 나를 기다리고 계셨다. 양지쪽 눈 녹은 자리를 골라 앉아 김이 모락모락 나는 찰밥을 얼마나 맛있게 먹었는지, 아직도 그때의 기억이 생생하다.

이와 같은 어머님의 사랑도 알 듯 말 듯할 때 이듬해 가을 돌아가셨다.

어머님께서는 평소 어려운 살림에 호우호주(好友好酒)로 불고가사(不顧家事)인 아버님과의 불화와 가난한 살림에 여러 아이

키우느라 너무 고생을 해서 병을 얻게 되었을 것이다. 이와 같은 갈등과 고통을 벗어나기 위해 이웃집 사돈댁의 권유로 아무도 몰래 성경책을 품에 감추고 일요일이면 동산고개를 넘어 경산제일교회에 나가셨다. 그때만 해도 우리 가정은 대대로 유교 가문으로 기독교에 대해서는 절대 용납하지 않았다. 이런 분위기 속에서 오죽했으면 교회에 나갔겠는가.

당시의 어머님의 마음의 갈등과 괴로운 심정을 짐작케 한다. 병고의 괴로움도 가난도 없는 하늘나라에서 편안하시기를 명복을 빈다.

개근(皆勤)의 집념과 해방

초등학교 2학년 여름, 나는 남천면 협석동에 있는 외갓집에 혼자 놀러갔다. 그날 오후부터 큰비가 내리기 시작하여 홍수가 외갓집 앞으로 흐르는 남천강을 휩쓸며 범람을 했다. 집과 가축이 떠내려갔다. 나는 이튿날 학교에 가야 하는데 걱정이었다. 계속 비가 내려 못 오고 이튿날 새벽 비가 그치기에 외숙모님의 만류도 듣지 않고 학교에 갔더니 가까운 부적동 아이들만 몇 명 와 있었다.

열심히 학교에 나가고 공부도 1등을 해서 학교생활에 충실했었다. 그해 가을 어머님이 돌아가시고 겨울에 세계 제2차 대전이 일어났다. 그 후 우리들은 학교에서 공부하기보다 마초 베기 (군마 사료), 솔갱이 따기(송진을 빼서 군용차 연료용으로 사용), 운동장 구석구석을 파서 피마자, 호박 등을 심었다. 거기에 출정군인 가정 돕기로 과수원 일, 김매기, 농사일 돕기 등으로 3학년에서 6학년 광복이 될 때까지 책가방은 그저 치레삼아 메고 다녔고 수업시간도 제대로 지키지 않았다. 해방 되던 날 나는 아무것도 모르고 고향 집 앞산에 올라가서 학교에 가지고 갈 솔갱이 따기에 여념이 없었다.

당시에 시골에는 신문도 라디오도 없었고, 이틀인가 후에 읍내 장에 갔다 오는 사람으로부터 일본천황이 미·소(美·蘇) 연합군에 무조건 항복으로 우리나라가 해방되었다는 소식을 듣고 모두들 야단이었다. 일본이 전쟁에 지면 우리 모두 노랑머리 코쟁이에게 잡혀가서 죽음을 당한다고 선생님으로부터 들었는데 모두들 좋아라고 날뛰고 있으니 이상했다.

그러나 일본이 전쟁에서 지고 며칠이 지나도 우리를 잡으러 오는 사람은 없었다. 선생님도 거짓말을 하는구나 하고 몹시 실망을 했다. 해방이 되고 국어라고 배워온 일본글이 없어지고 한글을 배우면서 국사도 배워 처음으로 우리나라가 36년간 일본 군국주의의 식민지로 착취당한 것을 알게 되었다. 그제야 말끝도 솔갱이도 농사일 돕기도 없이 공부다운 공부를 하게 되었다.

이듬해 7월말에 졸업을 했으니까 꼭 1년간은 제대로 공부한 셈이다. 졸업할 때 우등상과 개근상을 받고 졸업자 대표로 답사를 했다.

중형의 변고와 진학의 좌절

반에서 약 20명 정도가 중학교에 간다고 남아서 공부를 하는데 나는 중형의 변고로 진학은 생각도 못했다. 초등학교 2학년때 중학 갈 희망자를 손들라 할 때 반에서 면장 아들과 나 둘 뿐이었는데 중형의 변고는 우리 가정을 파탄의 수렁에 빠지게 했고 나의 꿈은 산산조각이 나고 말았다.

중형은 나보다 10년 위로, 보통학교와 고등보통학교(6년과 2년)를 졸업하고 집에서 농사일을 도우면서 독학을 하다가 단신으로 일본으로 건너갔다. 佐治라는 일본 사람 병원의 일을 도우면서 고학으로 滋賀縣 長濱農學校(6년제 중학) 3학년 편입시험에 합격하였다. 줄곧 우등으로 졸업한 후 고등 농림(당시 전문학교)에 진학하려 했으나 집에서 도저히 학비를 감당할 형편이 되지 않았다. 중형은 어머님의 사망과 경제적인 사정으로 대학 진학을 포기하고 졸업과 동시 원산 곡물 검사소에 근무 발령을 받아 고국으로 돌아오게 되었다. 그때가 광복 4년 전, 내가 초등학교 3학년이었다.

그러나 어머님의 별세와 진학의 무산으로 인한 정신적인 충격으로 염세적인 비관에 젖어 병을 얻어 청운의 뜻을 펴보지도 못한 채 20대 중반의 아까운 나이에 불귀의 객이 되고 말았다.

중형과 함께 일본에 건너가 공장에 취직한 친구들은 돈을 벌어서 해방 후 고향에 돌아와 논밭도 사고 기와집을 지었다.

모두들 잘 사는데 온갖 고생으로 고학을 한 중형은 결과가 이렇게 되었으니, 우리 집은 곤두박질의 불운을 겪기 시작했다. 중형이 제대로 풀렸다면 나는 중형을 따라 원산에 가서 원산 중학에 입학하기로 했었는데 나의 꿈은 허물어지고 말았다.

같이 공부한 졸업생의 3분의 1 이상이 진학을 하는데 여름이면 논밭 메기, 겨울에는 나무하기로 어린 가슴에 한을 맺게 되었다.

만약 그때 형의 변고가 없어 내가 이북에 가서 공부를 했다면 어떻게 되었을까? 엘리트 코스를 밟아 그들의 체제에 흡수되었을지, 아니면 인민군에 징집되어 이름 없는 산야에 해골로 뒹굴게 되었을는지, 아니면 숙청 추방되어 아오지 탄전(阿吾地 炭田)으로 이산가족으로… 등등 온갖 상상을 해본다.

이것도 전화위복이라 할 수 있을까?

사과 한 자루의 애달픈 사연

나와는 상대도 안 되던 아이들도 모두 중학 진학을 했지만, 나는 농사일을 도우며 나무지게를 지고 산에 가서 나무를 했다. 그래도 내가 하고픈 향학열은 억제할 수 없어 낮에는 농사일을 도우고 밤에는 중학 강의록으로 독학을 했다.

한번은 중학 강의록 책값 마련을 위해 뒷밭 사과를 형님 몰래 한 자루 따서 감추어 두었다가 경산 장날 아침 일찍 지게로 지고 팔러 가다가 서낭지에서 형님께 들켜 도로 지고 오면서 형님에게 심한 꾸중을 듣고 운 적이 있다.

지금으로 치면 200개에 2만 원도 안 되는 값어치다. 그때 형님께서는 그 사과 밭을 도지로 팔아 계약금을 받아놓았는데 사과값이 자꾸 떨어지고 도지 산 사람이 안 따가니 계약한 도지 값을 못 받을까 걱정 중이었는데 내가 이미 판 사과를 산 사람 몰래 따가지고 갔으니 산 사람이 알게 되면 어떻게 되느냐는 것이다. 당연히 꾸중을 들어 마땅했다.

아무리 어렵다 해도 강의록 책값쯤이야 줄 수 있었지만 공부 때문에 집안이 망했는데 아예 내가 책을 가까이 하는 것조차 못마땅하게 여겼다.

농번기가 끝나고 겨울이 되면 산에 가서 땔나무를 해야 했다.

어린 등에 무거운 나뭇짐을 지고 가파른 산길을 내려오다가 넘어져 나뭇동이 다 풀어지고 손발이 가시에 찔려 피가 나기도 했다.

정직(正直)의 교훈과 대필(代筆)의 회초리

내가 초등학교 2학년쯤 되었을 때다. 점심시간 한 시간 전 분열식 체육시간을 마치자 교장사택 옆에 있는 물웅덩이로 손발을 씻기 위해 모두 달려갔다. 씻을 수 있는 자리는 적고 서로 먼저 가서 씻고 점심 도시락을 먹을 판이라 모두들 웅덩이 주위의 화단을 밟고 뛰어갔다. 이것을 본 교장 선생님이(木多村 隆) 전원 집합을 시켰다.

가꾸어 놓은 화단을 짓밟아 놓았으니 불벼락이 떨어질 판이었다. 모두가 정열을 하고 겁에 질려 숨죽이고 있는데 단 위에 선 교장 선생님께서 "저 화단을 밟고 간 사람은 손을 들라."고 했다. 나는 찔끔 했다. 나도 화단을 밟고 지나갔기 때문이었다.

가슴이 쿵덕쿵덕 뛰었다. 평소에 학교에서 정직하라고 배운 나의 양심과 고백 후 받을 벌로 갈등을 일으켰다. 나는 내 양심을 속일 수 없어 용기를 내어 손을 번쩍 들었다. 그랬더니 교장 선생님이 앞으로 나오라 했다. 이제 큰일 났구나 하는 생각에 얼굴이 새파랗게 질려 교장 선생님 앞으로 나갔다. 나가보니 나 혼자뿐이었다. 나는 교장 선생님으로부터 받을 벌을 생각하고 겁에 질려 떨고 있는데 교장 선생님의 뜻밖의 목소리에 내 귀를 의심했다. 나의 머리를 쓰다듬으면서 이름을 묻고는 "이 아이는 정직한 학생이다. 너는 가서 손발을 씻고 도시락을 먹어라."고 하셨다. 나머지 학생들은 모두 그 땡볕에 한 시간 넘게 서서 단체로 기합을 받았다.

또 한 가지는 내가 3학년 때 붓글씨 습자 시간이었다. 'むぎかり' だうえ'라는 붓글씨 한 장씩을 내놓으라고 하는데 뒷자리에 앉은 친구 상수가 제 것도 하나 써 달라 하기에 선생님 몰래 표 안 나게 아무렇게나 슬쩍 써 줬더니 글씨 검사를 마친 선생님이 두 사람 이름을 부르면서 나오라 했다. "이 글씨 누가 썼지?"하면서 두 사람 다 손바닥을 펴라면서 대나무 채로 때리는데 너무 아팠던 기억이 난다.

나는 위 두 가지 정직에 대한 칭찬과 대필의 회초리는 내가 평생을 살아가는데 많은 교훈이 되었다.

물방앗간 소년 역

해방 후 6학년 때 학예회 연극을 하였다. 나는 물방앗간 소년

역을 맡았다. 물방앗간에서 일을 하면서 공부를 하는 착한 소년이었다. 물방앗간에서 일을 마치고 돌아가는 길 복판에 큰 돌이 놓여 있어 통행에 방해가 되었으나 바위가 너무 커서 어른들도 못 본 체 지나가는 것을 힘이 모자라는 소년이 꾀를 내어 지렛대를 이용하여 돌을 치운다. 이 장면을 마침 지나가는 교장 선생님이 보고 칭찬을 한다는 내용이었다.

"방아, 방아 물방아야 너의 힘이 장하구나. 폭포 같이 솟는 물에 떨어지는 공이 소리. 한 섬 두 섬 찧어내니 백옥 같은 흰 쌀일세."

이 노래를 부르며 무대 위로 걸어 나오는 장면부터 나의 역은 시작되었다. 이 학예회는 물론 초등학교 졸업식에서 우등상과 개근상을 타는 자리에도 우리 집에서는 아무도 참석하지 않았다.

형님 밑에서 농사일 돕기와 독학

초등학교를 졸업하고 가정 사정으로 중학을 못 가고 형님 밑에서 농사일을 거들며 지냈다.

해방이 되고 난 후부터는 풍년도 계속 되었고 또한 왜놈들의 수탈도 없었으니까 일제 때와 같이 배를 곯을 일은 적었으나 농사 모두 합해서 논 11마지기(2,000평 미만), 밭 한 뙈기(500평),

성황당 고개(서낭지) 사래긴 밭과 샛강 양지 닷 되지기뿐이었으니 형님과 둘이 아무리 열심히 농사를 지어도 풍년이 져야 겨우 양도가 될 정도였다. 여기에 일본 유학 간 중형이 제대로 풀렸으면 그 가난의 소굴을 벗어날 수 있었겠지만 실패로 돌아갔으니 어찌 내가 중학을 가겠다고 고집할 수 있었겠는가. 진학은 물론 중학 강의록으로 주경야독마저 형님은 달갑지 않게 여겼다. 그렇다고 해서 요사이 같이 어디 취직할 일자리도 없을 뿐 아니라 전 인구의 70%가 농촌 유휴인구였으니 남의 집 머슴살이도 나와 같이 어리고 약한 아이는 써주지 않았다. 오직 형님이 시키는 대로 농사일에 몰두하면서 모든 시름을 잊기로 했다.

논밭을 매러 가면서, 산에 나무하러 가면서, 책을 품에 품고 가서 쉬는 시간에 틈틈이 영어 단어를 외우고 수학 공식을 풀기도 했었다. 한학자(漢學者)인 족형 갈헌(葛軒) 선생으로부터 명심보감과 소학으로 한문의 기초를 배우면서 인의예지(仁義禮智)와 삼강오륜의 윤리도덕을 배우고 중학 강의록으로 독학을 했다. 이와 같이 열심히 노력은 했으나 밤이 아니면 공부 할 시간이 없었고 밤에도 가마니 짜기와 새끼 꼬기로 못 할 때가 많았다. 낮일로 피로해진 몸에 서당에 가서 밤늦게까지 호롱불을 켜 놓고 공부를 하다가 새벽 4시쯤 캄캄한데 일어나 서당 앞 냇물의 얼음을 깨고 얼굴을 씻고 돌아와 날이 샐 때까지 공부를 하다가 날이 훤히 새게 되면 소죽도 끓이고 식전 일을 하기 위해 집에 내려가야 했다. 남들은 아침 식사 때까지 공부를 하는데 나는 그들을 부러워했다.

지금 생각하니 내가 어찌 그런 생활을 불평 없이 참고 했는지 의심스러울 정도로 꿈같은 일들이다. 중학 강의록도 사주지 않아서 이웃집 호문이가 배우고 난 헌 책을 빌려서 공부를 했다. 그는 외외가(어머니의 외가)가 천 석을 한 부자라 많은 책을 얻어 와서 그 덕에 장 희빈, 금삼의 피, 단종애사, 운현궁의 봄, 순애보 등 많은 책을 그의 사랑방에 가서 그가 잠자는 틈을 이용하여 읽은 것이 아직도 생생하다.

주운 돈 대가로 학창생활 7개월

이와 같은 생활이 초등학교 졸업 후 5년째 계속되던 해의 가을이었다.

남들 다 가는 중학도 못가고 형님 밑에서 농사일을 거들 때였다. 1951년 음력 8월 14일 오후였다. 다음날이 추석이라 서낭지(성황당 고개) 목화밭에 가서 미영(목화)을 한 광주리 따서 밤마실 옥실댁 도래솔을 돌아오는데 길에 시퍼런 지폐 뭉치가 떨어져 있었다.

얼른 그 돈을 주섬주섬 주어 목화 광주리에 담았다. 주위를 돌아봐도 아무도 없었다. 집에 와서 세어 보니 그때 돈으로 4만 원. 백 원짜리 지폐 400장이었다. 당시 황소 한 마리 값인 거금이었다. 나는 아무도 모르게 바깥 정낭(변소) 짚동 속에 나만 알게 표시를 해놓고 감춘 후 아무에게도 얘기 하지 않았다. 형님에게 얘기하면 중학을 보낼 줄 것인지, 이 돈만 있으면 내가 그렇게도 가고픈 중학도 갈 수 있다고 생각하니 신고고 뭐고 생각나지 않았다. 파출소는 등 넘어 멀리 있었으니 잠이 오지 않았다. 형님에게 얘기하면 과연 내 말을 들어 줄 것인지?

사흘을 고심한 끝에 형님에게 털어 놓고 학교에 보내 달라고 했다. 그랬더니 형님께서 그 돈을 가져 오라했다. 정낭 짚동 속에 감추어 두었던 돈 뭉치를 꺼내어 가지고 와서 형님 앞에 내놓았더니 깜짝 놀라는 것이었다. 형님에게 다시 한 번 진학시켜 달라고 졸랐다. 그랬더니 형님께서 하시는 말씀이 내년 봄에 보내 줄 테니 우선 가을 거둠에 소가 있어야 하니 소를 사서 가을 농사부터 먼저 짓고 내년 봄에 보내 주겠다고 하셨다.

그해 봄에 우리 집에서는 농우로 기르던 황소가 황병이 걸려 죽고 형님은 상심으로 앓아눕기까지 했으며 온 집안이 초상집 분위기였다. 그때 농촌에서는 소가 반 살림이라 할 만큼 농우는 필수 가축이었다. 여름 농사 지을 때 소 품팔이까지 하면서 남의 소를 빌려 농사를 짓느라 고생을 너무 해서 가을 거둠이 큰 걱정이던 차였다. 그 돈으로 황소 한 마리를 사서 그해 가을 거둠과

보리갈이를 잘 했다. 이듬해 봄이 되어도 형님은 차일피일 약속을 지켜주지 않았다.

형님으로서는 공부 때문에 멍든 우리 집에 나의 공부 따위는 안중에도 없었다. 우선 적은 머슴 같이 일하던 나를 학교에 보내고 나면 혼자 농사짓는데 당장 지장이 돈보다 더 했을 것이리라. 나는 대구에 있는 학교는 갈 수 없을망정 경산읍에 새로 생긴 창선 중학이란 인가도 나지 않은 학교라도 보내 달라고 졸랐다.

공납금도 얼마 안 되고 소를 안 팔아도 되니 농사일을 전과 같이 거들기로 하고 바쁠 때는 결석해서 농사일을 돕는 조건으로 겨우 입학을 했다. 중학 3년 과정을 1년에 이수해야 하는 학원이었는데 국회의원 방만수 씨가 가난으로 진학의 기회를 놓친 농촌 청소년을 위해 세운 경산고등학교의 전신이었다. 간단한 전형과 무시험으로 연령의 구애 없이 들어가게 되었다. 수업을 마치고 나면 다른 애들은 남아서 공부도 하고 운동도 하면서 즐겼으나 나는 빨리 돌아와 농사일을 도와야 하기 때문에 예습도 복습도 할 기회가 없었다.

이렇게 어렵게 들어간 학원도 그 해 겨울 징집으로 입대를 하게 되어 중퇴하고 말았으니 나의 향학의 꿈은 무산되어 버렸고, 형님은 소 한 마리가 생겨 농사를 잘 지을 수 있게 되었다. 당시 병역법상으로도 정식 고등학교는 징집 보류가 될 때였다. 징집 영장을 받고 5명이 함께 입대를 하게 되었는데 장행회(壯行會)

식상에서 내가 대표자 답사를 하면서 가난으로 대구 중학에 못 간 것도 서러운데 인가가 나지 않았다고 배움의 기회마저 차별하는 병역법의 모순과 울분을 토로했다. 모두가 공감을 했는지 박수를 받았다.

　지금 생각하니 주운 돈으로 집을 박차고 나왔더라면 정주영 씨만큼은 못 되더라도 나의 인생 판도가 달라졌을 것이다. 그와 같은 용기도 패기도 없었으니 평생 월급쟁이 생활할 수밖에. 대구에서 점원이나 병원 조수를 하면서 야간학교라도 갈 수 있었을 텐데 나에게는 그와 같은 길을 이끌어주는 사람도 없었고, 나 또한 내가 집을 나가면 당장 형님 혼자 농사를 지을 수밖에 없는 걱정이 앞섰다. 그것보다 형수님께 약속한 아들 몫을 하겠다고 한 말이 나의 발목을 잡았다.

농사일의 고달픔

　서낭지(성황당 고개) 사래긴 미영 밭매기는 어찌 그리 지겹던지, 무릎도 아프고 허리도 아팠다. 또 한여름 찌는 듯한 무더위 속에 물논바닥에 엎드려 논매기를 할 때는 어떠했던가. 시비로 넣은 가시 풀에 손이 찔리고 그 썩은 냄새를 맡으며 세 벌 논매기를 하고 나면 양팔이 벼 포기에 스쳐 벗겨져 피가 나기도 했다. 날씨가 가물어 말매못 밑 바랭이 논에 웅덩이를 파고 밤새도록 형님과 물을 퍼 올리기도 했고, 가을 추수 때는 소가 없어 등짐으로 퇴비를 지게로 져다 나르고 올라올 때는 볏단을 또 지고 와야 했다. 더구나 우리 집은 들판과 가장 멀리 떨어진 말랑 집이었다. 하루 종일 짐을 지고 나면 어깨가 내려앉는 것 같은 아픔과 가슴이 답답한 중압감에 시달려야 했다. 그래도 풍년만 지면 고된 줄 모르고 일을 했는데 가뭄이나 도열병으로 흉년이 들면 실의에 빠지고 만다.

해방 후에는 비교적 풍년이 들고 왜놈들의 수탈도 없어서 양식 걱정은 면했으나 일제 2차 대전 말엽에는 농사지은 곡식은 공출이라는 군량미 조달로 다 뺏기고 배급 받은 콩깻묵(콩기름을 짜고 난 찌꺼기)으로 연명을 했으니 요사이 같으면 가축 사료도 못 할 것이었다. 아침에 죽을 먹고 점심은 아예 굶고 저녁에는 나무껍질을 벗겨 찧어 죽을 쑤어 먹었다. 배를 곯아 얼굴이 창백하고 부은 아이들이 수두룩했다. 나물죽을 끓이는데 쌀알은 간간이 섞이고 나물과 물로 배를 채웠다. 저녁으로 형수님 몰래 콩 독에 콩을 훔쳐 친구끼리 모여 콩을 볶아 먹고 속이 달아 물을 마시고 설사를 하기도 했다.

군대 생활

논산 훈련소에서의 신병교육

1952년 11월 27일 22세 때 징집으로 육군에 입대, 논산 제2훈련소에서 신병훈련을 받았다. 한창 추울 때 그 당시 제2훈련소가 처음 창설할 때라 벌판에 천막을 치고 그 안에서 이듬해 4월까지 전·후반기 16주(4개월) 교육을 받았다. 나는 입대할 때 친지들이 준 돈을 배띠를 해서 차고 배가 고파 죽을 지경이 아니면 안 쓰기로 결심하고 정말 배가 고파 못 견딜 정도일 때 가장 싸고 근기 있는 고구마로 허기를 면하면서 돈을 아꼈다. 같이 훈련받은 친구들은 모두 돈이 떨어져 집에서 면회 오기를 기다렸다. 하지만 나는 전반기 훈련을 마칠 무렵 형님이 처음 면회왔을 때 돈을 주기에 돈이 그대로 남아 있다면서 받지 않았다. 모두들 돈을 더 달라고 야단인데 나는 주는 돈도 돌려보냈으니 내가 생각해도 지독했다.

전반기 훈련을 받고 돈 있고 배경 있는 자는 특과로 가고, 나머지는 보병으로 가는 후반기 교육 8주를 더 받아야 하는데 나는 후반기 교육을 받게 되었다. 후반기 교육은 보병 교육이라서 전반기 교육보다 훨씬 고되었다. 훈련도 고되지만 배가 고픈 게 가장 견디기 어려웠다. 취사장에 생쌀을 훔쳐 먹기도 하고 식사 당번은 순서가 있었지만 밥을 많이 먹으려고 서로 먼저 일어나 취사장으로 갔다. 밥을 타오면서 손으로 집어먹고 밥그릇을 돌릴 때 많이 담긴 것을 자기 앞에 놓기도 했다.

그때 전선에서는 3·8선을 가운데 두고 밀렸다 밀렸다 하면서 많은 사상자가 생겼다. 보병은 소모품이라 해서 일선에 배치되면 죽지 않으면 중상으로 후송되었다. 어떤 친구는 지금 전투가 한창 심한데 가면 죽는다고 꾀병을 해서라도 그 고된 훈련을 연장하기도 했다.

배출대에서 포병 제98대대로

전·후반기 16주 교육을 마치고 배출대로 나와서 대기 중인데 배출대 인원은 일정치 않았다. 하루에 500명씩 훈련을 마치고 나오는데 전방에서 사상자가 많아서 많이 필요 하면 많이 배출 되었다. 또 간간이 특과도 있다는 것을 먼저 나와 한 달 넘게 빠지고 있는 고참에게 들었다. 그들은 아침 점검만 마치고 나면 멀리 피해 있다가 많이 모이는 것은 보병이니 집합하라는데도 안 가고 피한다고 했다. 나는 마침 배출대 대장 당번으로 가 있는 같이 훈련받은 이웃동네 친구가 있어 아침 점검만 마치고 나면 그 친구한테 가서 당번 일을 거들면서 정보를 수집했다. 그 친구는 황소를 팔아서 그 돈으로 배출대 대장에게 부탁을 해서 임시 당번으로 뽑혀 특과가 있을 때 보내주기로 했다면서 그때 같이 가자고 했다.

나는 돈 한 푼 안 쓰고 친구 덕택에 53년 4월 14일 155밀리 곡사포대로 가게 되었다. 선발된 약 60명이 서울 포병사령부를 거쳐 해가 저물기 시작하는데 군용 GMC에 실려 깊은 산골짜기 도로를 따라 전방 전선으로 달렸다. 몇 시간을 가니 포 소리와 총소리가 들렸다. 캄캄한 밤중에 도착하여 어디인지도 몰랐다. 이튿날 자고 나니 주위는 모두 높은 산으로 둘러싸여 있고 계곡 평지에 포신이 큰 대포가 보였다. 나중에야 여기가 중부전선 최전방 포병 제 98대대임을 알았다.

포경이 155밀리 곡사포로서 최대 사거리가 15,000미터 포탄의 무게가 60kg, 일개 대대에 3개 포대가 있는데 포대마다 6문의

포가 있었다. 나는 6문 중 사격이 가장 많은 중앙 포인 3분대에 배속되었다.

　1개 분대에 17명인데 나는 맨 꼴찌 15번 포수가 되었다. 분대원의 구성은 분대장(FDC로부터 사격명령을 전화로 받아 분대를 지휘하는 자), 부분대장(사수로서 분대장이 불러 주는 대로 사각과 편각을 조종하는 자), 다음에 1번 포수에서 15번 포수까지 있는데 나는 15번 포수로서 14번 포수와 둘이서 포탄을 같이 맞들고 포구에 대어주는 것이 임무였다. 가장 힘이 드는 일이었다. 3분대가 중앙포로서 사격이 가장 많아 하루 종일 100여 발을 쏘고 나면 허리가 휘청거리고 배가 등가죽에 붙어 넘어질 지경이었다. 사격이 중단되고 쉬는 시간에도 5번 포수 이하 졸병은 장약통을 날라 치우고 포 수입을 해야 하는 등 잠시도 쉴 틈이 없었다. 그런데 식사라고는 미제 숟가락으로 모아 뜨면 세 숟가락을 넘지 않을 양이었다. 취사장에서 밥을 받아 오는데 포대본부라고 더 주고, 전포대 본부라고 낮게 주고, 분대는 인원 수에 비해 원래 적게 타 와서는 분대장, 부 분대장 그리고 고참 중사 순으로 배식을 하다보면 맨 꼴찌인 김 하사와 나의 밥은 항상 적었다.

　한창 먹을 때이며 훈련소에서 배를 곯을 대로 곯아 피골이 상접되어 몸에서 영양분을 갈구하고 있는데 이렇게 식사가 적으니 죽을 지경이었다. 여기에다 야간에는 불침번을 서는데 전선에서의 불침번은 그 임무가 막중하다. 언제 사격명령이 내릴지 모르기 때문에 만약 졸다가 FDC에서 사격 준비령이 내려 5분 이내에 사격준비가 완료 안 되면 즉결처분이었다. 전투시라 상황에 따라 지휘관이 총살까지 할 수 있어 잠시도 마음을 놓을 수 없었다. 분대장과 부 분대장을 제외한 나머지 인원으로 불침번 순서를 짜놓았지만 차례가 되어 깨워도 중사들은 일어나지 않고 항상 불침번은 김 하사와 내가 도맡아 했다.

처음은 깨우다가 다음은 아예 포기하고 둘이서 서기로 했는데 무엇보다 배가 고파 죽을 지경이었다. 얼마나 배가 고팠는지 포탄 끝에 붙어 있는 VT신관 생고무를 떼어 보초를 서면서 씹으며 주림을 참기도 했다.

한 번은 김 하사와 둘이서 의논을 했다. 취사장에 몰래 가서 쌀을 훔쳐 와서 밥을 지어 먹자고. 배곯아 죽으나 들켜 영창을 가나 이판사판이라는 생각이었다. 그래서 내가 보초를 서고 김 하사가 마대 자루를 들고 천막 막사로 된 취사장에 쌀을 훔치러 갔다. 어두운데 그의 모습이 취사장 쪽으로 사라진 후 올 때가 되었는데도 돌아오지 않았다. 나는 이제 큰일 났구나. 들켜 붙잡힌 것이 틀림없다는 예감에 안절부절못했다. 만약 붙들리게 되면 둘 다 영창감이었으니까. 조마조마하게 기다리고 있는데 검은 그림자가 어른거리며 가까이 다가오고 있었다. 김 하사였다. 한 자루 가득 든 쌀자루를 내려놓으면서 휴-하고 안도의 숨을 쉬는 것이 아닌가. 둘은 하도 반가워서 얼싸안았다.

　바로 항고에다 물을 붓고 쌀을 넣어 내무반 난로에 얹어 밥을 한통 가득히 지어 둘이서 몰래 포대 안 한쪽에 쭈그리고 앉아 그동안 주렸던 배를 채웠다. 남은 쌀은 빈 장약통에 나누어 넣어서 둘이만 알게 표시를 해놓고 그 후 밤마다 불침번을 서면서 야식으로 배고픔을 건너나갔다. 그 쌀이 생긴 후부터는 다음 차례의 불침번을 깨우려고 생각도 하지 않았다. 오히려 알까봐 김 하사와 둘이서 도맡았다.

포대 본부 근무

　그로부터 약 1주일이 지났을까? 포대 본부에서 나를 데리러 왔다. 나는 지난번 쌀 훔친 것이 죄밑이 되어 걱정을 했는데 데리러 온 일보계의 표정이 나쁘지 않았다. 포대 본부에 가니 나와 함께 와서 2분대에 배속된 조 일병이 와 있었다. 서무계가 신상명세서 용지를 내 놓으면서 쓰라 해서 시키는 대로 써서 제출했더니 둘 다 분대로 돌아가라 했다.

　그 이튿날 본부에서 나를 다시 불러서 갔더니 나는 포대본부 연락병 근무를 하게 되었고, 조 일병(광주중학졸업)은 얼마 뒤 전포대 본부 근무를 하게 되었다. 분대에서 모두 나를 부러워했고 특히 김 하사는 그 동안 정이 들어 몹시 서운해 했다. 1주일 전 훔쳐 숨겨놓은 쌀도 아직 남았는데 하면서 포대본부에는 불침번도 없고 취장과 공급계가 본부 소속으로 되어 있으니 배고픈 일도 없으며 그 지긋지긋한 사격도 안 해도 되니 얼마나 좋겠냐면서 가더라도 정은 잊지 말자고 했다.

본부 근무를 하니 이건 정말 별천지다. 불침번도 없는데다 밥은 남아돌고 보급품을 맡아보는 공급계가 같이 있으니 건빵, 씨레이션, 담배 등이 언제나 여유가 있었다. 나는 끼니마다 밥이 남으면 김 하사를 냇가 식기 씻는 곳으로 나오라 해서 주고 건빵도 건네줬다.

포병 제98대대의 임무

포병 98대대는 20사단 예하부대로 사단 3개 연대 전반을 일반 지원 사격을 담당했고 각 연대 단위 지원은 105밀리 곡사포가 직접했다. 155밀리는 3개 연대 중 가장 위급한 곳과 더 후방에 있는 장거리 지원을 했다. 강원도 철의삼각지대(평강을 정점으로 한 철원, 금화) 열흘 동안에 고지 주인이 24번이나 바뀐 백마고지의 격전, 오송산, M1, 크리스마스 고지 탈환전을 비롯하여 중부전선을 누비면서 53년 7월 27일 휴전 시까지 사선을 수없이 넘나들었다. 우리 포대 앞에 20사단 보병 연대 CP가 있었는데 최전방에서 적과 직접 싸우다가 부상당한 자가 앰불런스에 연달아 실려 가고 중상자는 헬리콥터에 실려 후송되었다. 헬리콥터에 실려 후송되는 중상자를 쳐다보며 모두들 100만 원 벌었다며 부러워했다. 그 당시 부상으로 후송되어 의병제대를 하려면 100만 원의 돈을 써야 한다는 말이 떠돌았기 때문이었다.

3년 2개월만의 만기제대

1953년 7월 27일 휴전이 되고, 1956년 1월 25일(귀가일자는 3월 3일) 만기 제대할 때까지 만 3년 2개월간 포대본부 연락병에서 일보계, 병력계를 거쳐 서무계를 담당하면서 휴전이 되었으니 시간이 많았다. 나는 휴가 시 가져다 놓은 강의록으로 고교과정을 독학했다. 서무계에 근무하면서 인정을 받아 제대하기 1년 전 55년 7월 대구 부관학교 일반 행정 반 57기에 차출되어 8주간 교육을 받으면서 일요일마다 집에 다녀오기도 했다. 휴전이 되고 제대가 처음으로 실시되어 그때 병역법상 3년 이상 복무한 자로서 계급별 고참 순으로 제대를 시켰는데(군 편제의 유지상) 나는 내가 서무계를 봤기 때문에 두 번의 진급 상신을 빼버렸다. 그래서 상병으로 3년 이상 복무자는 나밖에 없었으며 제대 제도가 실시되자 일번으로 제대특명을 받았다. 그대로 진급했더라면 일등중사로서 5년 이상 복무한 고참자가 밀려 있어 2년은 더 고 생했을 것이다.

사회 생활

교도관 채용 시험 합격

1956년 1월 25일자 만기 제대 특명을 받고 그때 소위 특무대장 김창룡 암살 사건으로 전군 비상이 걸려 3월 3일 귀가했다. 집에 돌아오니 농촌에서는 보리밭을 한창 매고 있었다. 3년 2개월 동안 농사일을 전연 하지 않다가 하루 종일 밭을 매고 나니 손바닥이 부르트고 팔다리가 아팠다. 농사를 거들면서 여러 가지 갈등이 일어났다. 농사를 지어봐야 고되고 수지도 안 맞는 게 문제가 아니라 논 열 마지기에 죽으라고 지어봐야 아홉 식구 양식도 겨우 될 판이라 희망이 없었다.

그러나 내가 농사일 외에 다른 무슨 할 수 있는 일이 있겠는가.

이래서 농사를 짓고 장가를 간다고 해도 물려받을 농토도 없으니 막막했다. 나는 마을 친구 효유와 증락을 부러워했다. 그들은 최소 논 세 마지기와 밭 한 뙈기는 물려받을 수 있으니까. 밭을 매며 이런 저런 잡념에 사로잡혀 있는데 4월 중순 어느 날 저녁 등 넘어 친구 후근 집으로 놀러 갔더니 형무관(간수) 채용 시험이 있다는 것을 라디오로 듣고 오늘 원서를 접수시켜 놓았는데, 너도 생각 있으면 내일이 원서 마감일이니 한번 응시해 보라고 친구들이 권했다. 가만히 생각해보니 떨어진다 해도 본전인데 경험 삼아 응시키로 하고 이튿날 이력서와 신원 보증서를 구비 대구교도소에 접수를 시켰다. 그날이 마침 토요일이라 오후 1시가 직무 종료시간인데 12시에 문서계에 들어갔더니 점심 식사차 나서는 판이라 미안했다. 문서 계원 하는 말이 5명 채용에 40명이 응모했다면서 내가 마지막 접수자라 했다. 그날 신원 보증인을 세 사람 세워야 하는데 고향의 기락 일족과 대구의 전매청에 다니는 서석희 선배와 대구지검 한상수 검사가 보증을 서주어 극적으로 마감 시간 직전에 접수를 시켰으니 촌각을 겨루는 스릴이었다.

나의 운명을 결정한 그 역사적인 날이 바로 1956년 4월 17일이었다. 이틀 후 4월 19일이 시험 날이다. 집에 돌아와서 시험을 치기 위해 책을 봐야 하는데 시일도 없을 뿐만 아니라 마땅한 책도 없었다. 시험 수준은 중학 졸업 정도라 해서 먼지가 앉은 책 궤

짝을 열고 찾다보니 내가 입대 전에 봤던 고등학교 입시문답집이 나왔다. 그 책을 이틀 동안 대충 훑어보았다. 시험 당일 대구 교도소 연무장에서 시험을 치는데 국어에 훈민정음 28자 중 없어진 4자를 적으라고 나왔는데 마침 내가 슬쩍 봤던 문제로서 쉽게 적을 수 있었고, 수학에 학과 거북의 다리의 합계가 얼마인데 각각 몇 마리냐는 문제였다. 소위 학수산(鶴龜算)이었다.

나는 산수 식으로 풀지 않고 대수식으로 간단하게 풀었다. 그리고 작문에 '봄'에 대하여 쓰라고 나왔다. 제목이 마음에 들었다. 봄은 만물이 생동하는 사계절의 시작에서부터 봄에 갈지 않으면 가을 거둠이 없고 봄(少時)에 배우지 않으면 늙어서 후회한다는 권농, 권학시까지 인용해서 자신만만하게 답안지를 메울 수 있었다. 시험을 치고 나오니 학과 시험에 자신이 생겼다. 만약 떨어지면 답안지 확인까지 할 용의마저 갖게 했다. 학과 시험에 40명 중 반 수 이상을 미리 추려내고 신체검사와 면접시험을 거쳐 최종 합격자 5명을 발표하는데 문서계원 하는 말이 내가 1등으로 합격했다고 했다.

응시자 대부분이 고등학교 졸업자로서 김천과 안동지방도 대구에서 채용했다. 면접시험 때 시험관이 군에서 제대해서 무엇을 했느냐고 묻기에 농사일을 거들면서 보리밭을 맸다고 했다. 손을 내어 보라 하기에 보리밭 매느라 굳은살이 박이고 부르튼 손바닥을 보고는 고개를 끄덕이면서 교도관이란 직업은 고되고 힘 드는 직인데 해 낼 수 있겠느냐고 묻기에 열심히 하겠다고 자신 있게 대답을 했다. 시험 치는 그날도 시계가 없어 종형의 시계를 빌려 차고 갔었다.

　내가 태어나서 처음으로 치른 취직 시험에 그저 시험 삼아 응시한 것이 8대1이란 경쟁에서 1등으로 합격했으니 그때의 감격과 기쁨은 이루 말 할 수 없었다. 한 마을에서 후근과 재준, 나 3명이 응시했는데 나 혼자만 합격되고 둘은 떨어졌다. 접수마감 전날 우연히 후근이 사랑방에 놀러 갔다가 그의 귀띔 덕으로 나는 합격이 되고 둘은 떨어져 미안했다. 재준 친구는 중학교까지 나왔고 미리 연줄로 부탁까지 해놓았다고 했는데 나의 합격의 기쁨보다 친구 대하기가 마음 아팠다.

　교도관 학교 입교 통지서를 받고 생년 처음 기성화 구두를 사 신고 하루 전 경산역에서 서울 행 야간열차를 타고 떠나면서 여러 가지 상념에 들떠 있었다. 앞으로 감당해야 할 교도관의 직무가 얼마나 고되고 어렵다는 것은 예상 못하고 우선 그 지긋지긋한 보리밭 매기 등 농사일에서 벗어날 수 있게 되었으니 아무리 어렵고 고된 직장이라도 참고 열심히 하면 최저의 생활 보장은 안 되겠느냐, 그리고 농사짓기보다는 낫겠지 하고 스스로를 다그치기도 했다.

김천, 목포교도소 초임 근무

합격한 지 7일 후인 1956년 4월 26일 서울 서대문 형무관학교 (지금은 교도관학교) 보통 부 31기생으로 입교하여 6월 5일 8주의 형무관으로서의 기초교육을 받고 1지망지인 대구는 결원이 없어 제2지망지인 김천소년교도소에 배명, 처음으로 일선근무를 하게 되었다. 보안과 근무 명을 받고 배치교사, 당직주임, 보안과장에게 신고를 하고 고망대 배치를 받았다. 2시간 근무하고 30분간 쉬는데 2시간 동안은 앉을 수도 없고 꼿꼿하게 서서 15척 높은 담의 안과 밖을 감시를 해야 했다. 담 안 재소자가 월장 도주는 하지 않는지, 담 밖에서 불순물을 투입하거나 수상한 사람이 근접 않는지, 잠시도 방심하지 않고 감시를 해야 하는 가장 고된 근무였다.

2시간마다 제때에 교대가 오면 그래도 나은데 교대자가 교대시간을 떼어먹고, 휴게실까지 내왕시간을 빼면 겨우 10분 정도밖에 쉴 수 없으니 하루 종일 근무하고 나면 다리가 부어오르기도 하는 등 너무 힘이 들었다.

이와 같은 고망대 근무를 약 4개월간 하다가 그해 10월경 1차 감원이 있을 때 목포교도소로 근무 명을 받아 일행 5명이 같이 가게 되었다. 목포는 김천보다 더 멀뿐 아니라 말씨도 도(道)도 달라서 더 고생이 될 것이라 각오를 하고 갔다.

그러나 예상했던 것과는 달리 직원들이 친절했고 인심이 좋았다. 교도소 안에 있는 숙소에서 자고 식사는 구내식당에서 했다. 비번 날에는 유달산에 올라 삼학도를 바라보며 향수를 달래기도 했다. 추석날 고망대 근무를 하면서 휘영청 솟아오른 보름달을 바라보며 고향 생각에 한숨짓기도 했다.

고망대 뒤편 산이 공동묘지라 비가 내리는 밤이면 인광(燐光-도깨비 불)의 무서움에 떨기도 했다. 감독자에게 보고하는 '근무 중 이상 없습니다.'라는 길고 구성진 목포교도소 특유의 목소리가 아직도 귀에 남아 있다.

고망대 야간 근무를 마치고 내려오는 나를 불러 갓 지은 옥용 콩밥과 멸치 된장으로 허기를 채워 준 취장 담당의 인정과 그 구수한 콩밥 맛은 잊을 수 없다. 이와 같은 근무도 한 달 만에 겸직 근무가 해제되어 김천소년교도소로 돌아오게 되었다. 일행 5명 중 한 사람은 그곳에 정이 들어 머물게 되었고, 후문에 결혼까지 해서 목포 사람이 되었다는 얘기를 들은 바 있다.

김천으로 다시 돌아온 그 해 11월 23일, 대구에 결원이 생겨 고향 가까이 오게 되었으니 6월 5일부터 이듬해 3월 23일까지 김천 7개월, 목포 1개월의 객지생활을 한 셈이다.

대구교도소 보안과 근무

대구에 와서도 고향 경산에서 50리길이라 셋방을 얻어 자취를 하면서 다녔다. 신천동 변두리에 셋방을 얻어 놓고 한 시간을 논 두렁길을 걸어 다녔다. 비가 오면 우화를 신고 다녀야할만큼 포장이 안 되어 마누라 없이는 살아도 우화 없이는 못 산다는 말이 떠돌던 시대였다.

이듬해 3월 23일 의무과 근무 발령을 받을 때까지 4개월간 추운 겨울의 보안과 일선 근무는 나에게 잊을 수 없는 고된 어려운 고비였다. 낮이면 지루한 감시대 근무의 고독, 야간에는 순찰 근무에 사형장 앞과 시체실 앞을 지날 때 무서움에 머리끝이 쭈뼛하기도 했다.

추운 겨울 외벽 순찰을 돌다가 하수구에 발이 빠져 발목까지 오물 투성이가 되어 찬물에 씻어내느라 손발이 시려 눈물이 나기도 했다. 전 후 야간 근무를 할 때는 밤 1시에 교대하여 잠자리에 늦게 가게 되면 침구 차지도 할 수 없을 때가 허다했다. 야간 사방 근무를 하면서 졸며 걸어 가다가 문에 부딪치기도 하고, 감시대 근무 시 책을 보다가 감독자에게 시말서를 쓰기도 했으며, 영하로 내려간 추위에 난로 없이 보초를 서면서 발이 시려 동동 구르기도 했다.

아무리 생각해도 이와 같은 고된 근무를 계속할 자신이 없었다. 그러나 막상 사표를 내고 나가서 무엇을 할 것인가. 그만 두고 나갈 용기마저 없었다.

의무과 근무와 교사 승진시험 합격

비번 날 귀향길에 경산고등 은사이신 서영수 선생님을 인사차 찾아뵈었다. 근무의 고됨을 호소하고 공부를 하려 해도 보안과 근무는 도저히 할 수가 없다고 했더니, 현 소장으로 계시는 이재환 소장님의 아드님이 교직 동료인데 현재 영남고교에 근무하고 있다면서 메모에 '한 군은 나의 수제자인데 아버님에게 말씀드려 공부를 할 수 있는 부서로 옮겨 주기 바랍니다.' 라고 적어주면서 찾아가라고 했다.

나는 이 메모를 가지고 바로 영남고등 생물선생으로 근무하시는 이한기 선생님을 찾아갔다. 명함을 받아 보시고 알았다면서 돌아가라 했다. 이튿날 고망대 근무를 하고 있는데 보안과 잡무가 소장실에서 나를 부른다면서 얼른 가보라 하기에 올라갔더니 그 날짜로 의무과로 발령받게 되었다.

의무과 근무를 하게 되니 야근도 비번 근무도 없고 일반 행정관서와 같이 아침 9시에 출근, 재소자의 보건 의료에 관한 사무 처리만 하면 오후 5시에 퇴근을 할 수 있으니 얼마든지 공부할 수가 있었다. 그래서 나는 이 기회에 보통고시 준비로 강의록을 받아 야간에 학원에 나가면서 독학을 시작했다. 그런데 1958년도에 보통고시 제도가 없어지는 바람에 응시도 한 번 못해보고 나의 희망은 무산되고 말았다.

그래서 청구대학 야간부에 가려고 했으나 고등학교 졸업장이 없어 응시 자격마저 없었다. 이래저래 승진이라도 해야겠다고 승진 공부를 준비하던 중 4·19혁명으로 결원이 생겨 교사 승진 시험이 있었다. 1년 이상 근무한 자는 모두 응시 할 수 있어 100여 명이 응시해서(당시 정원 28명으로 1명 결원) 내가 1등으로 합격되어 바로 승진되고 4명은 승진 후보로 합격증만 받았다.

그때가 1961년 3월로서 배명한 지 만 5년이 되던 해이다. 그런데 승진이 되었으니 보안과 근무를 해야 했다. 보안과에 가도 중간 감독자로서 일선근무를 면했으니 큰 걱정은 없었으나 공부를 할 수 없는 것이 걱정이었다.

제1회 방사선사 국가고시 합격

그때 의무과에는 방사선기계는 있는데 기사가 없어 교사 월급을 주고 외부에서 개업하는 분을 필요할 때 초청해서 엑스레이 촬영을 했다. 2차 감원 때 감원 대상으로 정리가 되고 기계는 있어도 기사가 없어 환자를 외부병원에 이송시켜 검진을 받아야 했다. 재소자가 외부에 나가려면 최소한 세 사람의 계호자가 붙어야 하고 도주의 우려도 있고 해서 애로가 많았다.

나는 이와 같은 사정을 보고 내가 이 직장에 근무하는 동안 무언가 재소자를 위해서 봉사할 수 있고, 또 남이 가지지 않은 특기를 가짐으로써 꼭 필요한 사람이 되어야겠다는 결심을 하게 되었다. 이와 같은 나의 포부를 의무과장을 통해 상신하여 간부회의의 결의로 경대 병원 방사선과에 실습을 받게 되고 관계 의료 서적을 구해 공부를 했다. 그래서 엑스선 기계 조작과 일반 촬영은 내가 할 수 있게 되어 환자를 외부에 보내지 않아도 되었다.

이러던 중 1965년 6월 제1회 방사선 국가고시를 앞두고 국립보건원에서 방사선사 실무 교육에 추천, 발탁되어 수강의 기회를 얻게 되어 1년간의 교육을 받았다.

수료를 앞두고 국가고시가 있었다. 보사부에서 처음 실시하는 방사선사 제1회 국가고시인데 국공립병원에 3년 이상 엑스선사로 근무한 경력만 있으면 학력에 제한 없이 응시할 수 있어 나는 교도소 의무실이 국공립병원에 준한다는 유권해석으로 응시 자격을 얻어 서울대 병원에서 학과 시험을 치고 한양공대에서 실기 시험을 쳤다. 한 달 후 보사부로부터 합격 통지를 받았다. 세 번째의 합격 중 가장 큰 기쁨이었다. 지금은 보건전문대학 방사선과 3년 과정을 졸업해야 응시 자격이 있고, 합격률은 50%내외라 하니 금석지감이다.

1965년 6월 12일자로 방사선사 면허자격증을 보사부장관으로부터 받았다. 면허 번호가 84번인 걸로 봐서 성적이 나쁘지는 않은 것 같았다. 보사부 산하의 국공립 병원에서 응시한 많은 사람이 불합격의 고배를 마셨는데. 법무부에서는 10명이 응시해서 대전교도소 현빈섭(대전 현내과 원장의 동생으로서 형의 병원 조수를 하면서 엑스레이 촬영만 전담) 씨와 나 둘이 합격되었다. 면허증을 받은 후 일반 병원이나 보건소 등 전직의 기회도 있었으나 그대로 교도소 의무과에 근무키로 마음먹었다. 왜냐하면 면허를 얻게 된 것이 교도소 의무과에 근무한 덕택이며 구금과 질병의 이중고(二重苦)를 겪고 있는 수감 환자들을 외면할 수 없었고, 이 일이 내가 할 가장 값진 책무임을 깨달았기 때문이었다. 이후 이동 없이 85년 6월 정년 때까지 대구교도소 의무과에서 근무를 했다.

사병(詐病) 환자의 진료(診療)

방사선사 면허를 받고 전담을 한 후로는 일반적인 흉부촬영이나 골절상 등은 물론 위장투시 촬영 등 특수 촬영도 하게 되어 외부병원 이송 검진도 거의 없어졌다. 특히 폐결핵 환자의 조기 발견에 큰 도움을 받게 되었다. 방사선 기사가 없을 때는 의무관이 청진기로 진단을 하고 피골이 상접되어 각혈을 하는 환자만이 입원치료를 받았는데 내가 기사가 되어 엑스레이기를 다루게 된 후부터 많은 환자를 색출하여 격리치료를 함으로써 결핵 환자의 수가 훨씬 많아졌다.

1965년도 우리나라 결핵 이환율이 5.2%였는데(현재2%) 교도소는 6%였다. 폐결핵은 소모성 질환으로서 영양보충이 잘 안 되는 빈곤층이 많았고, 또한 결핵환자는 생활수준이 낮은 사람이 대부분이었다. 따라서 출소 후 자립능력이 낮기 때문에 재범률이 높아 일반 사회의 이환율보다 높은 것으로 증명되었다.

교도소는 여러 사람이(혼거 실에는 20여 명) 밀집 수용되어 있고 침식을 같이 하며 서로 얼굴을 맞대고 자기 때문에 특히 폐결핵은 법정 전염병으로서 건강한 다른 재소자까지 전염케 되는 무서운 결과를 초래할 수 있었다. 그래서 조기발견으로 격리치료가 무엇보다 중요한데 교도소 의료행정의 중대한 문제였으나 당장 밖으로 나타나지 않음으로써 소홀하게 되어 온 것이 사실이었다. 법무부 감사 때마다 대구교도소는 환자 수가 이렇게 많으냐고 지적을 받을 때 교도소의 결핵 이환율이 높은 이유를 설명하느라 애를 먹었다. 결핵환자는 엑스선 필름의 증거가 있고, 또한 결핵환자가 아닌 자가 결핵 환자실에 입원을 해서 그 무서운 병에 걸리려고 하는 사람은 없었기 때문이었다. 전염병이 아니고 일반 환자 같으면 오해도 받았을 것이고 또 그렇게 할 수도 없었을 것이다. 이렇게 해서 나는 의무, 서무를 거쳐 치료실로 옮겨 간단한 수술 그리고 치과 발치까지 습득하여 1인 3역을 했다. 당시 의무관의 보수가 국가공무원 서기관 보수로, 개업을 하면서 두 분이 교대로 오후에 잠깐씩 나와서 내가 여과해 놓은 환자만 보고 주로 개업에 주력했기 때문에 환자 예비 진료와 각종 병리 검사 엑스선 촬영 등 눈코 뜰 새 없이 바빴다. 매일 한 시간 일찍 출근하여 입원실을 둘러보고, 의무숙직으로부터 밤사이 환자 발생 여부와 의무에 대한 보고를 받아 메모를 해서 아침 간부회의에 참석해야 한다. 간부회의에는 의사인 의무과장이 참석해야 하는데 개업을 하고 있기 때문에 모든 것을 내가 맡아 했다. 하루에 200명 내지 많을 때는 400명, 평균 300명 이상의 수진 자가 몰려오는데 이들 중에 의사가 봐야 할 진짜 환자를 추려내야 했다. 수진을 핑계 삼아 바람도 쏘이고, 공범끼리 밀회도 하고, 상비약 준비도 하기 위해 나오는데 담당으로서는 아프다고 하는데 막을 수는 없었다.

이 여과 작업이 정말 어려웠다. 사병(詐病)을 하는 그들과 신경전을 해야 하고 그들의 속임수에 넘어가지 않으려면 많은 것을 알아야 했다. 시간 나는 대로 의학서적을 들쳐보고 각종 검사

방법도 익혀 정말로 아픈 환자를 놓쳐서는 안 되기 때문이었다. 방사선 진단학 책을 구해 촬영 기술 뿐 아니라 판독까지 해야 했다. 골절이나 흉부 사진 판독은 쉽지만 위장조영 등 특수촬영 판독은 방사선 전문의의 판독을 받아야 하는데 교도소 의무관은 일반의로서 잘 모르기 때문에 내가 촬영과 판독까지 해야 할 처지였다. 특히 위장병을 호소하며 결식을 하는 환자는 위장 투시 촬영을 하지 않으면 사병을 하는지 가려내기가 어려웠다.

'열 사람의 사병환자에 속을 지라도 한 사람의 환자를 소홀해서는 안 된다' 는 것이 평소 나의 소신이었다. 만약 나의 실수로 귀중한 생명을 잃게 된다면 그에 대한 책임은 피할 수 없기 때문에 항상 살얼음을 밟는 긴장의 연속이었다.

장기 복역자 중에는(10년 이상 무기) 교도소에서 평생을 사는 것보다 차라리 자살을 하든가 속병을 가장하여 아무 것도 먹지 않아 단식으로 생을 포기 하는 자도 많았다. 이런 자에게는 취식토록 설득을 하고 수액을 한다. 인공급식을 하는 등 온갖 수단을 써서 포기하도록 하느라 애를 먹은 일이 수없이 많았다. 죽을 각오로 단식을 계속하여 수액도 인공급식도 거부함으로써 피골이 상접되어 위독한 상태가 되면 교도소 안에서 사망케 할 수 없기 때문에 형 집행 정지 건의를 해서 외부병원에 입원시키면 감시자의 눈을 피해 도망을 간다. 그러면 가짜 환자를 허위진단을 했다고 검찰로부터 의심을 받는 경우도 많았다. 여기에 가족의 물질적인 유혹에 넘어간다면 옷을 바꾸어 입어야 하는 불행을 각오해야 한다.

나는 이런 어려운 일을 하면서 어떠한 유혹에도 넘어가지 않았다. 오직 나의 양심에 따라 불쌍한 환자를 위해 봉사하겠다는 일념하(一念下)에서 직무를 수행했다. 때문에 설령 사병환자에 속아 본의 아닌 결과가 발생해도 조금도 양심상 부끄러운 일이 없었고 말썽도 없었다.

사병(詐病)과 가족들의 유혹

복역자 가족들의 유혹도 많았다. 마약사범으로 부산지법 1심에서 징역 10년을 선고 받고 대구고법에 항소하여 이감된 60대 피고인은 고혈압과 위염으로 부산 교도소에서 입원 가료 중 이입된 환자였다. 계속 식사를 거부하고 따라서 혈압도 신경성으로 기복이 심했다.

어느 날 그의 딸이라는 사람이 우리 집을 찾아와서는 잘 부탁한다며 케이크 상자를 하나 두고 갔다. 가고 난 뒤 열어보니 과자가 아니라 시퍼런 만 원권 지폐가 꽉 차 있었다. 세어보지도 않고 그대로 보자기로 싸서 이튿날 서무과 계리 계장에게 접견

대장의 주소를 알아보고 돌려주라고 했더니, 계리계장 하는 말이 "못 먹을 것이 이렇게 많은데 먹을 것이 얼마나 많겠나?" 하는 게 아닌가. 언중 유골적인 농에 그 분의 본심을 의심하면서 기분이 좋지 않았다.

나는 이 돈을 돌려주고 그 환자를 불러내어 사실을 이야기했다. 당신이 지금 병을 가장하여 병보석이나 구속집행정지를 꾀하고 있는 것 같은데 더 건강이 악화되기 전에 취식토록 하고 그런 허망한 생각은 아예 버리라고 준엄하게 타 일렀다.

그런 후 가족이 돈을 다시 찾아가고 그 환자는 단식도 단념하여 건강을 회복해 퇴원했다.

그 후 2심 선고를 받고 부산으로 환송 되어 가는 날 나를 만나 하는 말이 그때 천만 원을 주고 변호사를 선임했다고 했다. 병보석이 성공되면 선임료 배의 성과금을 주기로 하고 변호사가 2심 담당 검, 판사에게 손을 다 써 놓았는데 교도소 의무관의 구속집행 계속으로 건강을 심히 해하거나 생명에 위험을 초래할 우려가 있다는 진단서만 있으면 병보석을 해주겠다는 약속을 했단다.

변호사의 이 말만 믿고 그렇게 모험을 했다면서 지금 생각하니 그때 병보석으로 나갔다 해도 실형 선고를 받게 되면 재수감 되어야 하니, 오히려 돈 덜 썼다면서 한 선생님 덕분에 차라리 잘 되었다며 내 손을 잡았다.

교정 의무행정의 애로

서울구치소에서는 소장, 부소장, 의무과장, 의무과 실무자가 병보석 사건으로 파면 구속을 당한 수치스러운 사건 발생이 있었고 부산교도소에서는 거액의 부도와 사기로 구속된 피고인이 폐결핵으로 병보석이 된 것을 피해자들이 알고 검찰에 진정을 내어 대구교도소에 재수감되었다. 당시 S 부장검사 입회 하에 내가 엑스선 흉부촬영을 하여 아무 이상 없음이 판명되자 당시 진단서 발행자인 부산교도소 의무과장이 파면되고 엑스레이 촬영자인 간병부(해군병원 엑스레이 기사로 있다가 범법으로 실형을 받고 의무과 간병부로 선정 되어 엑스레이 촬영을 하면서 입원중인 폐결핵 중환자를 불러내어 칭호번호와 이름을 바꾸어 넣었고 의무과장은 이 위조 필름을 믿고 진단서 발행)는 가형을 받아 대구로 이감되어 복역하고 나간 사실이 있었다.

안동교도소에서는 야간에 복통환자가 생겨 의무 숙직 직원이 진통제로 모르핀(마약) 주사를 해서 사망케 한 의료사고도 있었다. 그 사망자의 부검결과 위장 천공으로 급히 종합병원에 이송, 개복 수술을 해야 하는 위급한 환자인데 단순한 복통으로만 생각하고 일반 진통제도 아닌 진통이 강한 모르핀을 주사했으니 수술 시기를 놓쳐 살릴 수 있는 사람을 죽게 한 큰 과오를 범했던 것이다. 그 직원은 의료법위반과 과실치사죄로 구속되었으니 남의 일 같지 않았다.

그 사건 이후 대구는 마약 사용을 아예 없애버렸다. 야간에 환자 발생 시 특히 복통 환자는 통증 부위를 촉진하고 팽만 여부를 확인하며 심근색 등 급한 환자는 초를 다투어 종합병원에 이송해 응급처치를 해야 한다.

대구에는 내가 근무하는 동안 의료사고는 물론 위와 같은 불미스러운 일이 없었으니, 나름대로 열심히 정직하게 일 한 덕도 있었겠지마는 운이 있었다고 감사한다.

한번은 출장으로 쉬는 날이었지만 바로 집으로 가지 않고 의무과 사무실에 들렀다. 그때 심한 복통을 호소한다는 30대 후반의 환자를 업고 와서 진찰대에 눕혔다. 안색이 창백하고 배를 만지니 팽만으로 굳어 있었다. 혈압을 재니 최고가 90으로 뚝 떨어지고 있었다.

의무관은 없었고 직감적으로 위장 천공으로 인한 출혈로 의심되었다. 의무관에게 연락할 틈도 없었고 소장에게 전화보고를 한 다음 차에 태워 경대 병원으로 급송했다. X레이고 뭐고 찍을 새도 없이 촉진으로 위출혈로 진단, 개복 수술을 하니 위 천공으로 복부에 피가 가득 고여 조금만 늦었더라도 생명을 잃을 뻔했다면서 모두를 아연케 했다.

그 환자는 수술 경과가 좋아 완쾌되어 건강한 몸으로 출소하였다.

교도관 생활을 돌아보며

천직으로 여기고 봉직했던 교정직 30년을 정년퇴직한 후 약품 상사 3년 2개월, 건설회사 7년 5개월을 끝으로 모든 직장에서 은 퇴를 하였다. 부끄러운 내 나이 여든 다섯을 맞게 되어 고종명에 순치하고 있다.

몇 년 전 법무부 교화과로부터 원고 청탁 편지를 받았다. 교정 대상 수상자의 교화 수기 등 경험담을 써달라는 것이었다. 제 2 회 교정 대상 본상 성실 상을 받은 바 있어 원고를 청탁한 것 같 은데 돌이켜보면 교정직 30년을 나름대로 열심히 근무는 했지 만 특별한 공적을 세운 적도 없고, 교도관으로서 마땅히 해야 할 의무를 다했을 뿐이어서 과분한 교정 대상까지 받게 된 것이 무 척 송구스러웠다.

배명이 1956년 4월이었으니 50여 년 전이다. 6주간의 교도관 학교 보통 부를 수료하고 김천, 목포교도소에서 실무 수습을 거쳐 56년 11월 15일부터 대구교도소에서 초임 교도 근무를 하 였다,

하루 종일 아무도 상대할 수 없는 지루한 고망대 근무, 추운 겨울 야간에 순찰을 돌다가 하수구에 빠져 구린내 나는 신발을 씻느라 손이 시려 애를 먹었던 일, 추적추적 내리는 밤비를 맞으 며 사형장과 시체 안치실을 돌면서 무서움에 머리카락이 쭈뼛

했던 순경 근무, 야간 사방 근무 중 잠든 수용자를 시찰 하다가 나도 모르게 졸음이 와 시찰구에 모자챙을 박았던 일 등, 누구나 겪었던 근무이지만 나에게는 고달팠던 초임 교도관 근무의 추억들이다.

배명 이듬해인 1957년 3월, 의무과 근무를 하게 되어 나는 새로운 결심을 하게 되었다, 당시 대구교도소에는 X-선 기사도 없어서 진료에 지장이 많았다. 나는 치료실 근무를 하면서 대학병원에 나가 실습도 받고 공부를 해서 1964년 제1회 방사선사 국가고시에 합격, 의료기사 면허를 받게 되어 정년 때까지 의무과에서 근무를 했다. 그래서 내가 의무과 근무를 하면서 몇 가지 경험했던 이야기를 적어 볼까 한다.

당시 의무과에는 3성 장군을 지냈던 K씨가 간병부로 출역하고 있었다. 특무대장 김창룡 암살사건 배후 조종의 살인교사로 군법에서 사형 언도를 받고 감1등으로 무기 징역으로 감형되어 대구교도소로 이감 오게 되었던 것이다. 그분이 4·19 혁명 후 민주당 정권이 들어서서 특별사면으로 출소할 때까지 약 2년을 간병부로 같이 있게 되었다. 그분의 사회적 지위도 있고 해서 인격적으로 존중해주었는데 그러다 보니 자연히 정도 들게 되었다.

하루는 나에게 간곡한 부탁이라며 편지를 한 통 전해주기를 청했다. 자신의 석방을 위해 당시 참모총장이었던 B씨에게 보내는 편지였는데 중간 반대파의 방해를 피해서 지난날의 선배였던 B씨의 부인을 통해 직접 전달해 달라는 것이었다. 나는 정중히 그 부당성을 일러주고 거절했다. 그랬더니 그분은 이 청만 들어주면 현재 근무하는 조건보다 훨씬 좋은 곳에 취직시켜주고 장래까지 보장해 주겠다고 했다. 일반 재소자 같으면 감히 그런 말을 할 수도 없을 터였다. 당장 보고해서 응징의 조치를 내릴 수도 있겠지만 차마 박절하게 대할 수가 없었다.

나는 차분한 어조로 당신의 석방은 참모총장도 마음대로 할 수 없고 때가 되면 저절로 될 것이라고 일러주었다. 또 비공식적인 편지는 효력을 발생할 수도 없을 뿐 아니라 만약 이것이 문제가 되면 나 개인은 물론 대구교도소와 법무부 전체에 큰 영향을 미치며, 설령 내가 더 좋은 직장으로 갈 수 있다 하더라도 교도관의 맡은 직무를 위반하는 행위는 양심상 도저히 받아들일 수 없다고 단호히 거절하였다. 그는 내 말의 타당성을 십분 이해하고 내 앞에서 편지를 찢어 불에 태워 버렸다.

나는 그 장면을 보고 마음이 착잡하였다. 그래도 과거 3성장군으로서 그의 명령 하나에 수십만 대군을 질타하여 수도 서울 탈환 작전을 과감하게 감행했으며, 수감 직전 바로 인접 2군사령관으로 명망이 높았던 분이었다. 그런 분이 푸른 수의를 입고 일개 교도관인 내 앞에서 머리를 숙이고 간청하는 것을 보니 새삼 권력무상을 느꼈으며, 물에 빠진 사람은 지푸라기라도 잡으려는 것이 본능이라는 것을 절감했다.

그날이 바로 1959년 10월 6일이었다. 그 이듬해인 1960년 4·19로 자유당 정권이 무너지고 민주당 정권이 들어서게 되자 그분은 그 해 5월 잔형(殘刑) 면제의 특사로 출소하게 되었고, 그 후 미국에 가 있으면서도 잊지 않고 연하장을 보내주었다. 자기의 청을 들어주지 않았던 사람에게 출소 후에도 연하장을 보낸다는 것은 무엇을 말하는 것일까? 그것은 그 당시 내가 취했던 행위가 정당했다고 인정해 주는 것이 아닌가.

이후로도 민주당 정권이 들어서고 5·16혁명의 발발 등 정권 교체의 소용돌이 속에서 많은 정치인과 고위공직자가 거쳐 갔다. 출소 후 참의원 의장을 지낸 S씨, 출소 후 민의원 임시의장을 지낸 K씨, 국회의원 L씨, 경북지사 O씨, 도경국장 K씨 등 이루 헤아릴 수 없는 인사들이 거쳐 가는 동안 나는 많은 것을 보고 느꼈다.

또 추억으로 1978년 봄의 일이었다.

어느 일요일 아침, 숙직 근무를 위해 일찌감치 집에서 나와 대구시 남구 대봉동(지금 이천 2동) 소재 미 8군 정문 앞에서 버스를 기다리고 있는데, 등 뒤에서 "한 선생님, 안녕하십니까?" 하고 인사를 하는 것이었다. 돌아보니 지면이 있는 30대 청년이었다.

그는 재소 시 담석증으로 병실에 수용되어 있었는데, 당시 온 갖 약을 써도 듣지 않아서 애를 먹었던 청년이었다. 본인이 말하기를 담석증 통증이 발병하면 대구 시내에 소재한 토마스 내과 의원에서 약을 지어 먹고 진정시켜 왔는데, 그 의원 약이 아니면 듣지 않는다는 것이었다. 조제약은 차입이 허락되지 않았고 접견 오는 가족도 없었기에 참으로 난감한 상황이었다. 결국 딱한 그의 처지를 보고만 있을 수 없어서 내가 토마스 의원을 찾아가 원장에게 사정을 얘기하였다. 원장은 본인 병력 차트를 찾아 약을 처방해 주었는데, 정말 그 약을 먹었더니 신기하게 통증이 가라앉았다. 그는 며칠 후에 완치되어 퇴실하게 되었고 그 후 나는 그에 대해 까맣게 잊고 있었다.

그와 악수를 나누면서 요사이 무엇을 하고 지내느냐고 물었더니 세워져 있는 7번 버스를 가리키면서 선생님 덕분에 건강을 회복하여 이 차를 몰고 있다 하였다. 그러면서 출소 후 고마움에 보답을 하고 싶었으나 한 선생님 집도 모르고 인사를 드리지 못해 죄송하다며 "이렇게 살기 위해 뛰다 보니 사람 노릇도 못한 점을 이해해 주십시오." 하는 것이었다. 아침 출근길 가장 복잡한 중에 운전을 하다가 나를 발견하고 차에서 일부러 내려 인사를 하는 그의 진심에서 우러나온 성의에 감복하였다.

"마땅히 해야 할 일을 했을 뿐인데 그렇게까지 고마워할 게 뭐 있는가?" 하면서 그의 등을 떠밀어 운전대에 올려보냈다. 운전대에 앉아 시동을 건 다음 한 손을 흔들며 떠나가는 그의 버스를 보이지 않을 때까지 바라보았다. 그날따라 교도관이 된 것이, 그리고 의무과에서 구금과 질병의 이중 고통을 받고 있는 불우한 환자를 돌보는 것이 얼마나 보람 있고 값진 일인가를 가슴 뿌듯하게 만끽하였다.

끝으로 한 가지 더 하고 싶은 이야기가 있다.

80년 5월. 존속살인으로 무기징역을 언도받고 이감 온 1425번 문○○ 라는 재소자는 잊을 수가 없다. 그는 초등학교 교사로 근무하다가 양안 백내장에 이환 시력장애로 면직된 후 생활고와 가정불화로 아내마저 가출해버리자 세상을 비관한 나머지 정신없이 술을 마시고 처가에 불을 질러 처갓집 가족을 모두 죽게 만든 방화 살인범이었다. 그는 한마디로 정말 다루기 힘든 수형자였다. 가족의 면회도 없을 뿐 아니라 실명으로 재감생활에 따르는 고통을 이기지 못하여 자포자기로 생을 포기한 상태였다. 아무것도 먹지 않고 단식을 시작하는 것이었다. 아무리 달래고 권하여도 먹지 않아 인공 급식을 시키는 등 강제 급식까지 해 보았으나 막무가내였다. 나는 어떻게 하면 그에게 광명을 주어 희망을 가질 수 있게 할까 하고 고심한 끝에 윤정우 안과에 수술비를 물어보았다. 입원비와 콘택트렌즈까지 포함해서 그때 돈으로 60만 원이 든다 하였다. 관비로 한다는 것도 문제가 있고 그렇다고 방임할 수도 없어 수술비를 부담할 독지가를 찾기 위해 종교단체와 사회봉사단체를 직접 찾아다니며 딱한 사정을 호소했다. 마침 대구 라이온스 클럽의 회원으로 계시는 익명의 독지가가 돕겠다고 나섰다. 그 사실을 윤정우 원장에게 말씀드렸더니 윤 박사도 감동하여 병원 측에서 반을 부담하겠노라 하였다. 병원에서 30만 원, 독지가가 30만 원씩 각각 부담하여 입원 수술을 받았고 그는 광명을 되찾았다. 그 후 그는 삶의 희망을 되찾고 새로운 사람이 되었다. 나중에는 다른 교도소로 이감을 갔는데, 건강한 몸으로 복역하다 사면의 은전을 받아 사회에 복귀하였다는 말을 우연히 들었다.

이 또한 나의 교도관 생활이 헛되지 않았구나 하는 생각에 스스로 위안을 느끼게 되는 깊은 추억담이다.

30년 공직의 정년퇴임과 상훈

이와 같이 열심히 근무한 결과인지 외람되게 1975년 12월 1일 총무처장관으로부터 모범공무원상(3년간 당시 돈으로 매월 5천 원 통장 입금), 1974년 12월 10일 대한 변호사회장으로부터 인권옹호상(人權擁護賞), 1984년 6월8일 법무부장관, 한국방송공사장, 서울 신문사장 공동으로 교정대상 성실 상(부부 동반 세종

문화회관에서 축하연 및 시상, 법무부 장관의 오찬, 서울 신문 사장의 전경련 회관에서 만찬, 남산 드라이브, 상금 백만 원과 칼라 TV, 청와대 초청 대통령의 위로 다과연 및 기념 손목시계 수상), 1985년 6월 29일 정년퇴임 시 옥조근정훈장(대통령 제 4074호)까지 받고 명예롭게 정년퇴직을 하게 되었다. 그리고 1999년 7월 6일 6·25 참전유공자(대통령제11-30-024339호)로 포상되어 매월 18만 원의 보훈금을 받고 있다.(2008년 참전유공 자에서 국가유공자로 바뀌고 매월 18만 원으로 인상되었다.)

내가 정년퇴임할 때 만 53세, 집의 나이로 55세였다. 지금은 정년이 연장되어 57세가 되었지만 그때는 만 53세로 경제적으 로 지출이 가장 많을 때라 퇴직 후의 생계문제가 난감했다. 그때 맏이 진호가 대학 졸업반이었고 둘째 석호가 본과 2년, 막내 은 숙이가 대학 1학년이었다. 재직 시에는 학자금 융자도 있었고 월급도 인상되어 위낙 근검절약 생활을 했기 때문에 큰 빚을 지 지 않고 살아 왔는데 막상 퇴직한다고 생각하니 앞이 캄캄하고 막막했다.

약품상사 근무 3년

며칠간 탈기로 밥맛도 없어지고 앞으로 생계문제로 밤에 잠이 오지 않았다. 재직 중에도 박봉으로 적자 생활을 면치 못했는데 연금이 있다지만 20년 연금으로 그 당시 20만 원밖에 되지 않았다. 며칠간 칩거로 실의에 빠져 있다가 앞산 산책길에 한일약품 상사 김 사장을 만나 전후 사실을 얘기했더니 자기 회사로 와서 같이 근무하자고 했다. 그러나 나는 믿지 않았다.

그런데 며칠 후 나오라고 전화 연락이 와서 근무하게 되었다. 한일 약품상사는 약품 도매상을 하는 회사로서 오래 동안 교도소 납품을 해서 서로 아는 사이지만 막상 내가 거기에 근무한다는 것은 꿈에도 생각하지 않았다.

잘못하면 납품 거래에 약점이 잡힐 우려도 있고, 회사의 규모도 적어서 전연 생각한 바 없었다. 직원 7명을 데리고 직접 뛰면서 차차 기반이 굳어져 가고 있는 중이었다. 내가 입사할 때만 해도 직원이 8명이었는데 차차 커져서 3년 후 내가 퇴직할 때는 18명까지 증원되었고, 신천동 동아제약 동아빌딩 2층으로 옮겨 나는 창고장을 맡아 보조로 남녀 두 명의 직원을 데리고 있었다. 약 창고는 약품의 출납을 담당하며 종합병원을 비롯하여 각 보건소, 병의원 등에 납품하는데 납품 명세서대로 산별 함량과 수량 등 정확하게 색출하여 차질이 없어야 하고, 화물로 보내는 약품은 파손이 안 되도록 신경을 써서 포장을 여물게 잘 꾸려야 했다. 수십 종이 되는 약품을 틀림없이 완벽하게 납품 날짜에 맞춰 준비 하는 것도 여간 어려운 일이 아니었다.

정식으로 납품되는 약품 외에 수시로 반품, 교환 등으로 출, 입고되는 수백 종의 약품 재고가 비치된 카드와 일치가 되어야 했다. 특히 수입 시약은 냉장보관을 해야 하고 수십만 원이 넘는 고가약품으로 유효기간이 1년으로 보관과 취급에 신경을 특별히 써야 했다. 경북 일원을 위시 울릉도까지 납품을 했다.

이렇게 중요한 약품 관리 책임을 나에게 맡길 때는 그만치 나를 믿기 때문이었을 것이다. 여기에서 3년 2개월을 근무했다. 이 회사에서 나오게 된 이유는 3년 동안 면역 기간도 지났고 회사 규모가 커지니 사장 질서를 채용하여 전권을 맡김으로써 날이 갈수록 나의 존재가치가 처음과는 달라지는 것을 육감적으로 느끼게 되었다. 그래서 더 이상 머물 곳이 못 된다는 생각을 하게 되었고, 김 사장에게도 도움이 안 될 것 같아서 1988년 7월 1일자로 만 3년 2개월의 근무로 사표를 내고 나왔다.

실직기(失職期)와 자부의 사망

군대생활 3년, 공직 30년, 약품상사 3년, 도합 36년의 매인 생활에서 벗어나 고삐 풀린 망아지처럼 처음 얼마간은 해방된 기분이었다. 그때 내 나이 58세로서 진호는 한국통신 4급 공채 3기에 합격, 결혼을 해서 살림을 나가 창녕 전화국에 근무를 했다.

그리고 둘째 석호는 포항 선린병원에 수련의로 들어가게 되었으며 막내 은숙이는 전문대를 나와 놀고 있을 때였다.

90년 1월 덕영건설에 입사할 때까지 1년 6개월 동안 실직자로서 무료를 달래기 위해 두류도서관에 가서 문학 서적을 빌려 독서로 날을 보냈다. 호구지책에 쫓겨 양서 한 권 제대로 못 읽고 나 자신을 살필 수 없는 이때까지의 생활에서 이 1년 6개월은 나의 정신적인 양식의 충전 기간이었다. 그러나 20년 연금 30만 원으로 살자니(그때는 상여금과 정근수당이 합산 안 될 때임) 경제적으로 어려움이 많았다. 거기에다 1987년 자부의 유방암 이환으로 4년간의 병고 끝에 1991년 3월 24일 다섯 살 난 어린 영민이를 두고 불귀의 객이 되고 말았으니 진호의 슬픔이 오죽 했겠으며 우리 부부의 상심도 말할 수 없었다.

건설회사 근무

1990년 1월부터 처 이종처남이 경영하는 덕영건설 관리부장으로 근무하게 되었다. 이후 1997년 6월 1일부로 퇴사할 때까지 7년 6개월이 제3의 직장 생활로 내 인생의 황금기였다. 경제적인 도움이 무엇보다 컸고 따라서 나의 생활도 활기를 찾게 되었다. 건설이란 나에게 소원한 직장이었으나 관리부장이란 직이

회사의 살림살이를 챙기는 자리라 건설자재 구입과 현장 조달 제반 비품관리 그리고 부금 및 경리의 출납 점검 등 모든 일을 맡아 했다. 나의 고지식한 성격을 아는 터라 남을 맡기는 것보다 나을 것이라 생각했던 것 같다. 그래서 알뜰하게 살림을 살았다. 신임을 얻어 관리이사로 승진되어 그에 상응한 보수와 대우를 받았다.

　건설에서 토목까지 합쳐 종합건설로 확장했고, 건업까지 영역을 확대했다. 전성기에는 도급 순위 4군으로 연간 200억을 넘는 매출을 올리기도 했다. 직원도 본 소속만이 30명이 넘었다. 그래서 이천동에 지하 1층 지상 5층의 사옥을 지어 명실공히 종합건설로서의 면모를 갖추어 발전을 거듭했다. 그러던 중 95년도부터 건설경기의 불황과 부금이사의 부도 등으로 사세가 기울기 시작했다. 나는 회사의 재기와 활성화를 위해 용퇴하기로 작정을 했다. 토목기사 자격증을 가진 젊은 사람에게 물려주고 1997년 5월 31일 7년 6개월의 근무를 끝으로 은퇴를 했다. 처 이종처남의 덕으로 7년 반의 건설회사 관리이사 근무로 아이들 필혼도 했고 빚도 모두 갚았다.

결혼생활과 은퇴 후의 생활

　내가 결혼한 것은 1957년 음 9월 24일(양 11월 3일)이다. 그때 내가 27세였고 아내가 24세였다. 처가는 진량면 광석으로 5남매 중 맏이로 초등학교를 외가에서 다니면서 결혼할 때까지 외조부모 슬하에서 보냈다. 사촌 누님이 이웃에 살면서 중매를 했다. 내가 결혼할 때는 구식으로 사모관대를 하고 아내는 족두리를 쓰고 광석 처가 마당에 차일을 치고 예식을 올렸다. 그리고 첫날밤을 처가에서 보내고 5일을 처가 측 젊은이들의 신랑 다루기 여흥의 시달림을 당했다. 그리고 동상례(東床禮)라는 혼례 여흥의 풍습에 따라 한지에 붓글씨로 동상례 글을 쓰면서 말미에 주해효산(酒海肴山)이라고 적었더니 무슨 뜻인지 몰라 모두 어리둥절했다.

동상례는 신랑이 한턱내는 것으로 술은 바다, 안주는 산같이 부담하겠다는 뜻이었다. 풍만 세게 쳐놓고 잔칫집에 이미 있는 술과 안주로 때우고 말았다.

일 년 후 한 해 농사를 지어 가을에 시집을 왔다. 시집 올 때 임신 중이었다. 초임에 난산으로 입원을 하지 않고 시골 큰집에서 분만하다가 미처 태아가 빠져 나오지 못하고 질식사하고 말았다. 성숙한 여아였다 한다. 이로 인해 아내는 건강을 회복하는데 많은 애를 먹었다.

시집온 지 일 년 후 대구에 들어와 함께 처 외숙부님 댁 방 한 칸을 빌려 셋방살이 신혼 생활을 하기 시작했다. 첫 애를 사산하고 2년 후인 1960년 2월 25일(음 1월 29일) 이천동 팔군 후문 외숙 댁에서 장남 진호를 낳았다. 그날 나는 유치장에서 피고인 도주사고로 비상배치가 되어 집에 돌아오니 이웃에 있는 산파를 불러 순산했다고 했다. 산후 조리는 외숙모님이 수고했었다. 그리고 2년 후인 62년 9월 26일(음 8월 28일) 둘째 석호를 낳았다. 그날도 나는 서울 출장을 갔다가 돌아오니 집 앞의 삼생의원 의사를 불러 분만을 했다고 했다. 그때는 봉산동 상고 앞 외숙 댁에 살 때인데 한 집에 사는 처이종 처제가 산후 조리를 해 주었다. 3년 후 1965년 6월 10일(음 5월 11일) 막내 은숙이가 경북산부인과에서 임신 9개월에 조산을 했다. 이와 같이 처 외숙 댁에 그때 돈 4만 원을 전세조로 맡기고 5년간을 방세도 없이 잘 보냈다. 그러면서 월급만 타면 처 외조부님에게 맡겼다. 처 외조부님은 자인 인흥동에서 광농을 하면서 큰 과수원을 경영하셨다. 봄에 인건비 및 농약대로 사채를 쓰고 가을에 사과를 팔아 갚았다. 그래서 내가 5년간 월급 타서 꼬박꼬박 맡긴 돈을 이자를 붙여 계산해 주셨다. 그때는 이율이 아주 높을 때라서(월 5부) 그 돈을 계속 복리로 늘려 논 여섯 마지기를 샀다(진못 밑 532평, 자래보 480평). 외조부님께서 일꾼을 사서 농사를 지으면서 내 논농사도 함께 지어 농비(農費) 한 푼 받지 않고 가을에 거둔 곡식을 저장했다가 봄에 쌀값이 비쌀 때 팔아 돈을 모으게 했다. 이리하여 몇 년 후 진못 밑 논 세 마지기를 팔고(55,860원) 전리로 모은 돈을 합쳐 대구 팔군 정문 앞에 적산 집 33평을 117,500원에 구입했다. 수리비까지 합해서 모두 130,000원이 들었다.

관재국에 5년간 분할 납부할 3만 원을 제한, 일십만 원으로 결혼한 지 6년, 취직한지 7년 만에 셋방살이 신세를 면하고 내 집 마련을 했으나 막은 안창 골목에 서향집이었다. 또 하수구 시설도 안 되어 있어 비만 오면 부엌에 물이 고이고 옆집 돼지우리가 우리 옆방에 붙어 있어 여름이면 냄새와 파리 떼가 우글거렸다. 싼 것이 비지떡이라더니 사고 보니 흠이 많았다. 그래도 방이 콧구멍 같이 좁았으나 다섯 개나 되어 우리가 두 개 쓰고 세 개를 세를 놓아 쏠쏠한 수입으로 5년간 연부금 3만 원을 완납할 수 있었다. 미팔군 정문 앞이라 흠이 많아도 세가 잘 나갔다. 이리하여 결혼한 지 6년 만에 논 세 마지기에 흠 많은 오두막집이지만 셋방살이 신세를 면하게 되었으니 이것 모두가 처 외조부님의 은혜임을 감사한다.

여기에서 7년을 살다가 1970년경 대중학교 뒤편 신천 방천 둑 아래로 옮겨 1년 6개월을 살았고, 다시 처음 살았던 집 앞에 24평의 신축 한옥을 사서 7년간 살았으니 처음 집 마련을 시작, 두 번 집을 옮기면서 16년간을 대봉2구 팔군 정문 앞을 개미 쳇바퀴 돌듯 살면서 큰애가 대학 1학년에 들어갈 때까지 살았다.

1979년 봄에 내가 살던 집을 누이에게 팔아 돈을 보태어 현재 살고 있는 대명9동 371-21에 54평의 헌 한옥을 사서 헐고 내가 직접 지었는데, 건축을 하는 친구 만영을 믿고 건축에 전연 경험이 없는 내가 처음 집을 지으면서 2층 양옥을 설계해서 1층 공사까지 마쳤는데 뒷집의 일조권 침해 진정으로 건축공사의 중단을 받았다. 그래서 설계변경을 하는 등 고역을 치렀고 결국 반 양옥으로 합의를 봤으며 그로 인한 손해도 많았다. 진호가 자갈과 모래를 지고, 걱정을 해서 새까맣게 탄 아내의 얼굴이 떠오른다. 이리하여 대지 54평(골목 4평 제외)에 건평 25평의 반 양옥을 지어 1979년 7월 29일부터 현재까지 31년간 아이들 대학까지 시키고 필혼까지 했으니 애환의 보금자리가 되었다.

결혼 53년을 되돌아보면 감개무량하다. 유산이라고는 숟가락 하나 물려받지 못했고 적수공권으로 말단 공직생활을 하면서 오늘에 이르게 된 것은 앞서 말한 바와 같이 처 외조부님의 도움이 컸고, 무엇보다 아내의 근검하고 알뜰한 내조의 덕임을 알고 감사한다.

시골에서 첫 아이를 의사 없이 난산으로 사산을 하여 건강을 해쳤고 두 번의 유산, 자궁 근종 수술, 그리고 신장결석으로 입원 수술까지 했으며 그로 인한 고혈압으로 계속 혈압 약을 복용 중에 있다. 나의 신경성 위장 장애와 뜻밖의 득병으로 1년간의 요양에 정성어린 간병으로 치유와 건강을 회복할 수 있게 도와 주었으니 오늘을 있게 한 공을 잊을 수 없다.

공교롭게도 생일이 같은 날이고 또한 둘 다 어머니를 일찍 여읜 불우도 같았으니 천생연분이라 할까. 그러나 이때까지 한 가지도 떳떳하게 보답하지 못했으니 남편으로서 면목이 없다. 남은 삶 마음만이라도 소중히 여길 것을 다짐한다. 현재 나도 전립선 비대증으로 10여 년 이상 계속 복약하고 있는 것 말고는 비교적 건강하며, 가족의 동의를 얻어 영대병원에 의학연구용으로 시신과 장기 기증을 해 놓고 돌아갈 채비를 해 놓았으니 언제 소천의 그날이 오더라도 두려움과 당황함이 없이 가기를 다짐하며 항상 기도하고 있다.

은퇴 후의 일상

이처럼 공직 30년, 약품상사 3년, 건설회사 7년 반 등 세 군데 직장을 근무하면서 느낀 점은 직종에 따라 각각 특성이 있었고 장단점이 있어 다양한 삶의 경험을 얻게 되었다는 것이다. 공직은 잘하나 못하나 큰 과실이 없는 한 정년까지 신분보장이 되지만 개인 회사는 자기가 받는 보수 이상의 대가를 제공하지 않으면 퇴사해야 된다는 것이 분명했다.

1997년 5월 말, 덕영건설회사 근무를 끝으로 은퇴 노인이 되었다. 그동안 도서관과 복지관을 드나들면서 독서도 하고 수필문학회에 참여하여 글쓰기 공부도 하면서 대덕노인복지관에 나가서 컴퓨터, 요가, 탁구, 일어, 연가 등 다양한 프로그램의 취미생활을 하고 있다. 컴퓨터도 중급 정도의 실력을 가지게 되어 수필습작의 워드에 많은 도움을 받았고, 인터넷으로 정보의 바다를 유영도 한다.

퇴직자 모임인 교정동우회 사무장직을 3년간 하면서 홈페이지 설정 관리에 참여, 지회업무를 홈페이지를 통해 일목요연하게 볼 수 있도록 정비한 후 사무장직을 물려주고 현재 자문위원으로 참여하고 있다.

또 11년간 후산파 종중회장 직을 맡아보면서 2002년도 종산 두 필지의 명의 신탁을 악용, 사유권을 주장하는 일족이 있어 민사소송을 제기, 승소로 토지공사로부터 보상금을 종중명의로 받아 3억 2천6백만 원의 기금을 확보했고 주택단지에 편입된 파조님의 산소를 이장하여 묘역을 정비하고 묘비를 세웠다. 납골당 건립과 산천재 대종중의 금곡 종전의 불법 횡취에 대하여 형사고소로 공개 사과와 원상회복을 받았다.

수상록 발간의 변辯

젊을 때 못 배운 것이 한(恨)이 되어 은퇴 후 무한정 많은 시간이 아까워 도서관에 나가 이 책 저 책 뒤졌으나 워낙 밑천이 없는데다가 나이도 많아 욕심만 가득할뿐 마음대로 되지 않았다. 글쓰기 오잠설(五蠶設)에 한 잠도 못 잔 자신이 뒤늦게 습작(習作)을 한다고 덤벙되었으니 가소롭기도 했다. 진수성찬(珍羞盛饌)을 받아 놓고 소화시킬 능력이 없는 것처럼 역시 배움은 젊을 때, 소화력이 왕성할 때(기억력) 해야 함을 절감하며 소일 삼아 책동무가 되면서 못 쓰는 글이나마 일기만이라도 바로 쓸 수 있게 수필 읽기와 글짓기 연습을 계속해왔다. 그런데 붓 가는 대로 쓰는 게 수필이라 가볍게 여기고 시작했는데 갈수록 어려웠다. 그러나 일기를 쓰는 데는 많은 도움을 받았다. 그동안 틈틈이 모은 수필 등 신변잡기와 종사 관계 글, 편지글, 회상록(回想錄) 등을 한데 묶어 지난 삶의 흔적을 실었다.

이밖에 다이어리 일기장 크기 42권을 별도로 모아두었다. 가장 오래된 일기장이 62년 전인 1952년에 중학 진학을 못하고 강의록으로 독학하면서 농사일을 거들 때 적은 것이 나의 일기장 1호이다. 이 일기장은 나의 보물 1호다. 어렵고 괴로울 때는 이 일기장을 펼쳐 읽으며 새로운 다짐을 하고 있다. 하루 일을 되돌아보고 자성하면서 흐트러지려는 마음을 가다듬는 길잡이로 삼기 위해 은퇴 이후엔 새벽산책과 일기는 필수 일과가 되었다. 언젠가 이것들을 묶어 한 권의 책으로 만들고 싶은 욕심이 있었으나 미흡한 점이 많아 주저하고 있었는데 올해 여든 다섯의 생일을 기념으로 엮기로 했다.

뒤돌아보면 지난 한평생이 파노라마처럼 뇌리를 스친다. 글 중에는 발가벗긴 자신의 모습이 창피하고 부끄럽기도 하나 사실 그대로 털어놓고 보니 '임금님의 귀는 당나귀 귀'라고 속이 시원한 점도 없지는 않다.

남에게 내어놓기는 차마 부끄러운 글이지만 나에게는 소중한 발자취라 읽고 또 읽으며, 어려웠고 고생했던 지난 일들을 아름다운 추억으로 승화시키고자 했다. 나의 글은 일기를 집약한 축소판인 신변잡기에 불과하지만 그 중에 수필문의 본을 갖춘 것이 있다면 자위하겠다.

오늘날 아이들은 내가 어릴 때 상상도 하지 못한 풍요로운 물질문명에 아쉬움 없이 살고 있다. 그들에게 전설 같은 이야기가 되겠지만 행여나 자계(自戒)에 도움이 되길 바란다면 지나친 욕심일까.

물질적으로 물려줄 것은 없고 정신적인 유훈이 된다면 나의 기쁨은 여기서 더 할 바 없겠다.